Nos richesses

Kaouther Adimi

アルジェリア、シャラ通りの小さな書店

カウテル・アディミ

平田紀之 訳

作品社

アルジェリア、シャラ通りの小さな書店

目次

エル・ビアールの町、
私は港のほうへ駆け下る。
太陽のもとに燃えたつ
テレムリーの道を。
シャラ通りはアニゼットの匂いがする。
私は《真の富》書店で
一冊の本をぱらぱらとめくる。
　フレデリック・ジャック・タンプル
　「遠い風景」

いつか石さえもが叫ぶ日がやってくるだろう。
この国の人々に加えられた
とてつもない非道に抗議して……
　ジャン・セナック
「アルジェリアの若い詩人から、その兄弟みんなに送られた手紙」

ハマニ通りの人たちに

アルジェ、二〇一七年

アルジェに着いて早々、あなたは坂道を歩かなければならないだろう。坂を上り、それから下る。あなたは、無数の路地がたくさんの歴史のように横切っているディドゥシュ＝ムラド通りに出るだろう。死ぬためにそこから飛び込む者もいれば、その上で愛を語りあう恋人たちもいる、ある橋からすぐのところだ。

ふたたび坂を下り、カフェやビストロ、ブティック、青物市場などをあとに、足速に歩き続け、立ち止まらずに左に折れ、年老いた花屋に微笑(ほほえ)みかけ、それは禁止されていると言い張る警官を信用せず、樹齢百年の椰子(やし)の木にほんのちょっともたれ、子供たちといっしょにゴシキヒワのあとを追いかけ、エミール＝アブデルカデル広場に出る。あなたはたぶんマイク・バーを見逃してしまうだろう。最近改修された正面の文字が真っ昼間にはすごく見にくいから。空の色はほとんど白に近い青で、まばゆい日の光が文字をごちゃごちゃにするのだ。あなたは眺めるだろう。十九世紀の反フランス運動指導者エミール・アブデルカデルの彫像の台座に上がり、写真を撮る親たちに向かい口を開けてにっこり笑いポーズをとる子供たちを。そのあと親たちは急いで写真をSNSに上げる。男が一人、とある戸口の前の階段に座って、たばこを吸いながら、新聞を読んでいる。道を引き返す前に彼に会釈し、二言、三言挨拶を交わさなければならないだろう。ちらっと横に目をやることを忘れずに——銀色に泡立つ海、カモメの叫び、ほとんど白に近い、常に青い空。あなたは空を追いかけて行かねばならないだろう。オスマン風の建物を忘れ、高層住宅（アエロ・アビタ）——街の上にそびえるコンクリートの柱のそばを通って行かなければならないだろう。

あなたは一人だろう。道に迷い、すべてを見るためには一人でなければならないから。街にもいろいろあるが、ここはどんな道連れも負担になるような街に属している。ひとはポケットに手を突っ込み、胸を締めつけられるような気持ちで、まるでうわごとを言うように街をさまよう。

あなたはいくつもの通りを上り、鍵がかけられたことのない重い木の門扉を押し開け、壁に残された弾痕にそっと触れるだろう。それは組合活動家や、芸術家や、軍人や、教師や、名も知れぬ人や、子供たちをなぎ倒した弾丸によるものだ。数世紀にわたり太陽はアルジェの丘陵地に昇り、数世紀にわたり人々は同じ丘陵地で人を殺す。

　ゆっくり時間を取ってカスバの階段に座ってみてほしい。若いミュージシャンがバンジョーを弾くのを聴き、閉まった窓の背後に年老いた女がいるのを感じ、子供たちが尻尾を切られた猫と遊んでいるのを見てほしい。そして頭上と足下の青――青い海に映る青い空――、果てしなく延びる油汚れを。空と海は、バラ色と黄色と黒でいつでも飾り立てることができる画家のパレットだと信じさせたがっている詩人たちの意に反して、われわれにはもはや見えない青色を。

　道に赤いものが浸みこんでいること、この赤は洗い落とせなかったこと、そしてわれわれの歩みは日に日に少しずつそこにはまり込むということを忘れてほしい。明け方、まだ車がこの街の幹線道路を埋めつくさない時間、遠くで爆弾の破裂音が響く。

　でもあなたは、太陽に面と向かう路地のいくつかを選ぶ、そうでしょう？　そしてようやく、ハマニ通り、旧シャラ通りにたどり着く。あなたは二番地の二を探すが、なかなか見つからないだろう。その番地はもはや存在しないからだ。あなたが対面しているショーウィンドーに銘文がある――〈読書する一人の人間には二人分の価値がある〉。あなたは世界を大混乱に陥れた大きな歴史に対面しているが、しかしまた一人の男の小さな歴史にも対面している。エドモン・シャルロ、彼は一九三六年、二十一歳のときに、貸本店《真(ヴレ・)

の富》を開いた。

第一章

最後の日の朝。夜はおぼつかなげに後ずさりしていく。空気はいつもより濃密で、太陽はいっそうどんよりとし、町はより醜い。空は厚い雲に覆われている。野良猫が警戒して耳を立てる。最後の一日の朝、それは恥辱の一日のように思える。われわれの中で一番勇気のない者たちは、なにもわからないふりをして足を速める。親たちは、好奇心をそそられてぐずぐずしている子供たちの腕を引っぱる。

まず第一にハマニ通り――旧シャラ通り――の深い沈黙があった。それはまれなことだ。つねに高ぶっていて、騒々しく、絶えず震え、呻(うめ)き、嘆いているアルジェのような街でのこの静けさは。そして、その静けさは、男たちが《真の富》書店のショーウィンドーにシャッターを下ろすとき、ついに破られる。ああ、そこは一九九〇年以降、つまりそこをアルジエリア国家がシャルロ夫人——旧書店主の義妹——から買い取って以来、もはや書店ではない。それは単にアルジェの国立図書館の別館である。その前で足を止める人もまれな、名前のない場所。それでも我々は、ハマニ通りを長いあいだシャラ通りと呼んできたように、そこを《真の富》書店と呼んでいる。われわれはこの町の住人であり、われわれの記憶はわれわれの歴史の総和なのだ。

「この店がもちこたえてきた八十年！」意欲満々でここに派遣された一人の若い新聞記者が黒い表紙の手帳にそう書く。彼はずる賢そうな目をしていて、それがわれわれを不安にさせる。この書店は、出世主義者の匂いがぷんぷんするこんな男よりもっとましな人間にふさわしい。「さして人もおらず、悲しげな空、悲しげな街、本の上に下ろされる悲しい鉄のシャッター」男はそう書いてから、思い直して「悲しげな街」という言葉を消した。

彼はじっくり考える。その顔にはほとんど苦しそうな皺が寄る。彼は駆け出し記者だ——大きなプラスティック会社のオーナーである父親が、息子の採用と引き換えに新聞社の主筆と折り込み広告の出稿契約を結んだのだ。窓越しにわれわれはこのちょっと動作のぎこちない記者を目で追う。

「ピザ店と食料品店に挟まれて、著名な作家たちが足繁くかよった、旧《真の富》書店はある」記者はペンを嚙んでから、余白に次のように書きなぐる。（「カミュはいたが、店内に写真が画鋲で止められている他の連中は誰だ？　エドモン・シャルロ、ジャン・セナック、ジュール・ロワ、ジャン・アムルシュ、ヒムード・ブラヒミ、マックス＝ポル・フーシェ、ソヴール・ガリエロ、エマニュエル・ロブレス、あとは……見当もつかない。要調査」）「若きアルベール・カミュが腰を下ろして原稿に手を入れていた小さな外の階段には、いま植木が一つ置かれている。それを持ち去ろうと考える者は誰もいない。最後の生き残りだ（あるいは最後の目撃者のほうがよいか？）。この書店／図書館は完璧に手入れされている。ガラスのはまった美しいファサードは光彩陸離たるものだ（「光彩陸離」が紋切型かどうか確認のこと）」彼はここでピリオドを打ち、改行する。「文部省は我々の質問に答えることを拒否した。なぜ公共の図書館を民間の買い手に売り渡すのか？　われわれがもう読書できないし、もう学べないということは、そもそも誰かを見捨てることにならないのか？　読書する一人の人間には二人分の価値がある。これは書店のショーウィンドーにフランス語とアラビア語で記されている言葉だ。そうなると、読書をしない人間は無価値だ」。記者は最後の文章を線で消した。「この経済危機の時代、国は最高入札者に売却するのがいいと考えている。何年も前から国はオイルマネーを濫費しておきながら、今になって大臣たちは叫ぶ――「これは危機だ」「ほかに選択肢はない」「たいしたことではない、民衆は本ではなくパンを必要としている。図書館や書店をいくつか売ろう」。国は街の至るところにモスクを建てるために文化を捨て値で売っている！　書物が大変貴重であり、皆が敬意をもってそれを眺め、子供たちに買ってあげる約束をし、愛する人に贈った時代があったのだ！」

草稿の出来に満足した記者は、黒い手帳を閉じ、万年筆をポケットに収めて、アブダラーに目もくれずに離れていく。アブダラー、われわれがいまも書店と呼んでいる《真の富》の貸出し係だ。一人でシャラ通りの歩道に立っている。身長は二メートル近くあり、木の杖に体をもたせかけているとはいえ、堂々とした姿で、青いシャツとグレーのズボンを身につけ、ぶ厚いエジプト綿の少し黄ばんではいるが清潔な白いシーツを肩のまわりにかけている。皺のよった青白い顔に輪郭のくっきりした唇。彼は何も語らない。その鋭く大きな黒い目でショーウィンドーを見つめるだけだ。それが無口な、誇りに満ちたカビリア育ちのアブダラーだ。人が自分の感情を口にしない時代に、口にしない国で育った男。それでも、もしあの記者が質問する時間をとってさえいれば、老人は重々しい口調で、この場所が自分にとって何を意味しているか、そして今日なぜ自分の心がうちひしがれているのかを静かに語るかもしれない。いや、「うちひしがれる」という表現ではなく、別の言葉を使うかもしれない。彼は決して脱ぐことのない白いシーツをぴったりと体に巻きつけながら、怒りのにじんだ感情を優先させるだろう。だが新聞記者はもう遠くにいる。記者は自分のオフィスで口笛を吹き、夢中でキーボードを叩いている。彼はその口笛が同僚たちをいらいらさせていることに気づかない。同僚たちは、やれやれまただという視線を交わしている。

ハマニ通り――旧シャラ通り、冬の太陽のどんよりとした光がかろうじて街路を照らしている。商人たちはゆっくり時間をかけて店を開く。急ぐ必要はない。下着のブティック、食料品店、レストラン、肉屋、美容院、ピザ店、カフェ……われわれは頭を下げたり、軽く腕を押したりしてアブダラーに挨拶する。彼が何を感じているか、みんなが知っている。ここで最後の一日を目のあたりにしなかった者がいるだろうか？　子供たちは最近塗り替えられた横断歩道を無視して、道路を横切っていく。フランス車、ドイツ車、日本車と世界各国の大きな車が列を作り、運転手たちがクラクションを鳴らしているのに、彼らは気にもしない。リセの生徒たちは友達にスプレーで落書きされたザックを背負い、たばこを吸い、ふざけあっている。小さな男の子たちは襟元までボタンがかかった青いスモックを、女の子たちはピンクのそれを着ている。一人の小学生がアブダラーに突きあたり、このすごく大きな男と目を合わせようと頭を一生懸命もたげ、もごもごとわびの言葉を口にしてから、姉のところに駆けていく。姉は、ひっぱたかれたくなけりゃ早くおいで、と叫んでいる。「鼻たれ小僧たちめ！」大きな頭をして、髪をうなじのところでぞんざいに結んだ女がどなる。女は箒と、薬品の匂いのする灰色の水の入ったバケツを手にして歩道を磨いている。子供たちのひとりが彼女に嘲りのしぐさをする。「見てなよ！」女は応酬し、汚い水の入ったバケツを子供めがけて振る。子供はよけようとしたが、それでもベージュ色のズボンのすそに水をかけられる。彼はわめき、脅す。「母ちゃんに言いつけてやる！」それから学校に向かって逃げていく。通りはふたたび静けさをとりもどすが、奇妙に薄暗い。商店主たちは気づかわしげに空を見上げる。われわれはお日さまが出ていないことに慣れていない。「厳しい冬になりそうだ。貧乏人がたくさん死ぬだろう」《真の富》の隣りのピザ店の店長、ムーサが断言する。界隈では、この男は気前の良さと、生まれつき顔にアフリカ大陸の形をした痣があることで知られている。

　杖にもたれながらアブダラーは考えている。この二十年間でムーサがブラックコーヒーを自分のところへ持って来なかったのは今朝が初めてだと。アブダラーは本を汚されるかもしれないと恐れて、いつもムーサに、飲み物を手にして《真の富》に入るなと言っている。アブダラーは、夕方になると母親に連れられた小さな女の子が一週間分の本を選びにやってくるのを知っている。ピンクのスカートに白いカーディガン、エナメルの靴、髪は横に束ねている。その子は、ドアが閉ざされているのを見つけるだろう。

これまでわれわれは、輝くばかりに清潔なショーウィンドー越しに、忙しく立ち働いたり、赤アリの群れを撃退しようと奮闘するアブダラーの姿を目にしたものだ。時おり、近所の若者たちが店に来て、アブダラーが背を向けた隙に、整理してある本をひっかき回して何冊かくすねようと待ちかまえていたりした。アブダラーは好きにやらせておき、肩をすくめながらムーサにはっきり言った。「ああ、それであの連中が本を読めるなら、あの子たちは……」ムーサは若者たちが本を近くの市場で転売しているのを知っているが、アブダラーにそれを伝えるにしのびなかった。

この界隈では、みんなこの孤独な老人のことが大好きだ。彼についてわれわれは何を語れるだろう？　彼の年齢（とし）を知らない。彼自身もそれを知らない。彼の生まれは推定されるだけ。アブダラーが生まれたとき、父親はフランスにいて、北フランスの工場で働いていた。誰も彼の出生届を出しに行かなかった。以来、この書店員は生年月日の代わりに「出生推定」と記された書類をずっと持ち歩いている。突いている杖や、以前よりも震えがひどいその手、耳を傾けるしぐさ、前より大きくなっている声から、みんなが彼の年齢を推測する。

アブダラーの妻は彼がハマニ通りにやってくる前の、あの辛い内乱の十年間のどこかで亡くなった。いつ？　どこで？　誰もこの疑問に答えられる者はいない。ここでは男の妻について質問しないのがならわしだ。彼女が生きているか死んでいるか、美しいか醜いか、愛されているか憎まれているか、ヴェールをかぶっているか否か。われわれの知る限り、アブダラーには子供が一人、カビリアで結婚している娘がいるだけだ。

アブダラーが《真の富》で働きはじめたとき、われわれは彼のために書店の広さを測った——縦七メートル×横四メートル。アブダラーは面白がって腕を伸ばし、ほとんど壁に手がつきそうだと言った。急な階段で上がる二階に、彼はありあわせのマットレスとても暖かい毛布を二枚用意した。ここにはまったく暖房設備がないからだ。加えて電気コンロ、ごく小さい冷蔵庫、枕元用の電気スタンドも手に入れた。体と衣類は書店の洗面所で洗った。

それ以前、アブダラーは市役所の別館で、書類に判子(はんこ)を押す仕事をしていた。一日中判を押さなければならないあらゆる種類の書類があった。幸いなことに、同僚たちは彼のことを気に入っており、暇を見ては彼とおしゃべりした。妻の死後、一九九七年にアブダラーは自ら希望してこの図書館に移動してきたが、当局は彼に、退職までここから動かすことはないという通知を送ってきた。そしてついに退職の日が訪れた。だが彼はここで忘れられたのだ。後任者は誰も来なかった。この職場を放棄するわけにもいかず、先の計画も行くべき場所もなかったので、アブダラーは不平も言わず、誰にも何も訴えることなく、ここにとどまった。

これが、われわれがこの男について知っているすべてだ。

そしてある日、初めて役所からの手紙が届いた。ハマニ通り二番地の二の土地をある実業家に売却し、近々《真の富》を閉鎖するという通知だった。アブダラーは無邪気にも、ここを開館しておくことの重要性について、当局を説得できると考えた。文部省に電話を入れたが、誰も答えない。いつかけても話し中で留守番電話は常に飽和状態のため、メッセージを残すすべもなかった。直接出かけて行ったが、守衛に鼻で嘲笑われただけだった。国立図書館では、彼は長々としゃべったあと、ひと言も言われず、何の言質も与えられず、門まで見送られた。新しい所有者が《真の富》を訪れたとき、アブダラーは、図書館をどうするつもりか尋ねた。「ここをすっかり空にし、古い書棚も処分して壁を塗り替え、甥の一人に揚げ物を売る店をやらせるんだ。あらゆる種類のベニエをね。砂糖がけ、リンゴ、ショコラ。ここは大学に近いから、大いに期待できる。あんたが最初の客になってくれると嬉しいね」

われわれが叫び声を聞いて駆けつけたとき、その所有者は立ち上がって服の埃をはらっているところだった。アブダラーは怒りを爆発させ、こぶしを振り上げて、シャルロの書店をつぶさせはしないと怒鳴った。所有者は冷笑を浮かべた「そのシャルロってのは君かい」。彼は戻ってこなかったが、アブダラーにすぐここを出て行かなければならないことを思い出させる郵便は届き続けた。アブダラーはそれらの手紙を、昼にムーサのレストランで四角いピザを食べているこの界隈の若い弁護士たちに見せた。彼らは頭を横に振って、書店員の肩を軽く叩いた。「国に対しては何も反対できない。よくわかってるでしょう、あなた（エル・ハジ）。それにここはもう書店じゃない。まさに国立図書館の小さい別館なんだ。あなた自身利用者が来ないのがわかっている。おたくの利用者はどれくらい？　二、三人じゃないですか？　なぜそんな少数の人のために争いたいの？　あなたは年だ。あきらめなさい。彼らにこの小さな場所を渡しなさい。それを禁じることはできないんだ」弁護士たちはそう断言した。「それじゃあ、連中は何でも売ることができるのか？　今日は書店、明日は病院？　そしてこの私は、ただ黙っているしかないのか？」。弁護士たちは居心地悪そうで、その質問には答えず、ただピザをもう一枚、レモネードといっしょに注文しただけだった。

閉鎖の前日、アブダラーは体調が悪かった。動悸が激しく、心臓が飛び出しそうな感じだ。そして確かにそうだった。彼はなんとか書店のドアを開けたが、それから敷居の上にくずおれた。目の前にヴェールがかかった。駆けている足音を聞いた。遠のいていく足音。近づく足音もあった。二階で鍋の湯が沸きはじめていることが頭に浮かんだ。彼は眼を上げて、天井から下がっている、この場所の創設者であるエドモン・シャルロの大きな写真の方を見た。アブダラーは自分が死にかけているのだと思った。子供たちが自分を取り巻いていたが、その子たちの目にきらめく光から判断すると、彼らも同じことを考えていた。

ムーサは電話を持っていなかった。彼はつねづねテクノロジーというものを信用していなかったのだ。悲鳴を聞くと、ムーサは、蠟引きのテーブルクロスにあとが残ることも気にせず、テーブルの上に熱いコーヒーポットを置いた。自分の杖を手にして飛び出すと、人だかりが見えた。救急車はなかなか来なかった。近所の若者たちがアブダラーを食料品店のライトバンにかつぎこみ、病院まで運んだ。彼らはこの年老いた本の番人をできる限り支えながら、ここで人が助けを求める最初で最後の者——神に祈った。アブダラーはうまく息をすることができなかった。体が痙攣して、目を大きく見開き、空気を探し求めているように見えた。ライトバンは揺れながらアルジェの街路を全速力で飛ばした。穴を避け、こぶを避け、野良犬を避けて。医者は、あっさり注射で安楽死させようとしている動物を扱うような態度で老人を治療し、彼にアルジェを離れるよう忠告した。「この街には街のルールがある。あんたはそれに逆らうことはできないんだ。そんなことをしたら、しまいには死んでしまうよ。ここを出なさい。もうあんたがここでやるべきことはない」

アブダラーは書店に戻ってきた。あの白いシーツにくるまり、《真の富》の中二階の下に寝かされた。眠りに落ちる前に、彼はここでの最初の夜のことをじっくり考えた。自分がこんな場所にいることが信じられなかった。独立前のこの国で学校に通えなかった自分、モスクでアラビア語の読み方を習った自分。そしてフランス語、そうフランス語をずっとあとですごく苦労して身につけた自分が。

閉館してからは、アブダラーはピザ店に隣接する小さな食料品貯蔵室で寝ている。そこには小麦粉、イースト、何籠ものトマト、油の罐（かん）、オリーブの詰まった広口瓶などがストックされている。今ではそこに、スポンジのマットレスといくつかのクッションもある。ムーサは店のオーナーにないしょで、こっそり自分の友人を泊めている。そこにいるとき以外、書店員は白いシーツを肩に羽織（はお）り、手の平を木の杖に押しつけて歩道に突っ立っている。その眼はうるみ、町の人々はみな、書店といっしょにこの男の晩年も台なしにしてしまったことを恥じている。

われわれは彼が何も不自由することのないよう、交代で面倒を見る。弁護士たちはもうこの界隈で昼食をとらない。アブダラーにばったり出くわして、彼らが答えをさがしたくないたくさんの質問を浴びせかけられることを恐れて。

そしてある晩、この界隈の若者たちが家々の前で世直し論議にふけっているころ、二十歳のリアドがポケットに《真の富》の鍵をもって到着した。

アルジェリア、一九三〇年

男たちは十二、三歳の男の子のまわりを取り囲んで、たばこを吸っている。その子は男たちのうちの一人の息子だ。原住民（アンディジェーヌ）の通う学校でフランス語の読み方を習っており、五十サンチームで売っている絵入り新聞、『プチ・ジュルナール・イリュストレ』の一九三〇年五月四日付の一面を親たちに見せている。それはアルジェリア創設百年祭の宣伝になっている。見出しは大文字のゴシックで、「百年前からアルジェリアはフランスだ」とある。男たちがたばこを吸うのさえやめて急に怖い表情になったので、少年は怯（おび）えて、それ以上読みあげる勇気をなくす。父親は身振りで続けろとうながす。少年はゆっくりと小見出しを読み上げる。「アルジェリアの占領から今日までの一世紀という長さは、ベルベル人の海岸を肥沃で繁栄するいくつもの県に変えるのにじゅうぶんだった」。新聞は男たちの手から手に回される。彼らは挿絵を見て、ぶつぶつと文句を口にする。一八三〇年にフランスの軍隊が無人の海岸に上陸する絵だ。他には何も描かれていない――カスバ、港、公園、家々、市場、料理屋、さらには商店、橋、兵舎、木々、言語、宗教……。百年祭のカンタータは、アルジェのオペラ座で一九三〇年五月、共和国大統領ガストン・ドゥメルグの前で歌われるが、その中身はこの挿絵や宣伝文に似ている――フランスがやって来る前、すべては野蛮でしかなかった。

男たちは低い声で話す。

「俺たちはいつまで頭を下げてなきゃならないんだ？　特別行政制度（アンディジェナ）の法規は、俺たち自身の国で、俺たちを下等人間だと決めてるんだ。ここは俺たちの国だぞ！」

「戦わなけりゃだめだ、権利を主張し、組織化しなければな」

少年はできるだけ控えめにしている。ほんのちょっとしたしぐさでも、男たちは少年がそこにいることを思い出して黙りこむだろう。

「連中は俺たちを刑務所に放りこむか、ニューカレドニアに島流しにするぞ」

われわれは原住民であり、イスラム教徒であり、アラブ人だ。われわれのうちのひと握りの者だけしか、子供を就学させることはできない。数があまりに少ない原住民向けの学校に、奇跡的に空きがあればの話だが。またその場合、植民者の名門に保有されている大農園の中では、われわれは子供たちの労働力なしでやっていかなければならない。大農園主たちは国全体を牛耳っている強力な圧力団体を構成している。本国フランスでは、われわれのことや、あるいは入植の初期にフランスやスペインやイタリアからやって来てアルジェリアの下町に住むヨーロッパ人の何千という家族のことなど、ほとんど気にかける者はいない。

百年祭は、植民地政府をさらに一段と安定させる機会だ。地中海を挟んだ両側で式典は華やかに行なわれる。いくつかの博覧会も催される。アルジェリアを訪れた政治家たちは、誇らしげで大きな笑みに迎えられる。村々の広場での舞踏会で皆が踊る。女たちは木綿のドレスを、男たちは襟幅の広い上着をまとっている。笑い声が夜遅くまで響きわたる。作家たちは、太陽とアルジェリアでの生活の喜びを寿ぎ歌う。われわれとしては肩をすくめるだけだ。そもそも彼らの書いたものを読めないし、それが全部嘘っぱちだとよく知っているから。連中はこう言っている。原住民はあらゆる種類の迷信を信じていて、外見は風変わりで、部族ごとに住んでいる、原住民を警戒しなければならない、と。背後にぴったりくっつき、旅行鞄を運んで小銭を稼ごうとする子供の群れは船客たちをいらいらさせる。師範学校で、教師候補者になった最初の原住民同期生たちが写真を撮られる。一九二一年まで彼らは同級生のヨーロッパ人と同じ制服を着られなかった。ヨーロッパ人の生徒は、明るい感じを与える何本かのコバルトブルーの線の入った、白い襟つきの濃紺のラシャの上着。黒いネクタイがその服装を完璧に仕上げる。われわれには紫の房のついたシェシア（イスラム帽）、オレンジ色の上着に緑のベルト。自分たちの国で、東洋趣味の絵葉書に似つかわしく異国風に装わされて、われわれは見世物にされている。師範学校の校長ジャン・ギュマンは、原住民教育の再編に関する報告書を書いている。一九二三年五月二十日、彼はアルジェの大学区視学に、原住民とフランス人を混ぜることの危険について警告する。彼は立派な人物だ。謹厳な顔をしている。その使命はきわめて重要だ――二つの共同体が学校の中で、親しく交わらずに共生できるようにすること。彼は二重構造、二重基準のシステムを推奨する。同じクラスにフランス人より優秀な原住民がいることはあまりに屈辱的だからだ。ジャン・ギュマンは自分の生徒の中のある者たちのプライドを気にかけている。

すべては順調だ。これこそ百年祭。チャーリー・チャップリンは巨額の費用をかけて建設されたアール・デコ様式のホテル、アレッティの落成式を行なった。すべては順調だ。太陽はさんさんと輝き、地中海は美しく、庭園に囲まれた植民地風の大きな建物がいくつも建てられ、アルジェでは、フランス共和国大統領が彼のためのオペラを聴いて、自分が指導する国の力を賛美するこの百年祭を喜んだ。彼は、原住民たちがこの大行事の準備に参加していることに満足だ。彼はその原住民が自分たちを少数派として疎外されていると感じていることを知らないか、知りたくない。すべては順調だ。われわれはまだ祝賀行事を妨害するにじゅうぶんな騒ぎを起こしていない。警察は原住民の活動家や政治家を拘留するか流刑にしている。すべては順調だ。だが、空は奇妙に暗く、頭上には厚く黒い雲がはっきりと現われている。

あの父親は息子の手をつかみ、迷路のように入り組んだ路地を引っぱっていく。「急いで帰らなけりゃな。母さんが心配するぞ、ほら急いで」

エドモン・シャルロの手帳
アルジェ、一九三五年―一九三六年

一九三五年六月十二日

僕は禿(は)げるだろう。まだ二十一歳だが、とにかくそう確信している。アルジェ高校(リセ・ダルジェ)でのジャン・グルニエの哲学の授業の前に、ごまかすために薄い毛をぴったりと横に撫(な)でつけること。この教授は驚くべき人だ。教えるのではなく、語るのだ。彼が話しはじめるとき、何が僕らを待ち受けているのかは、まったくわからない。彼は僕らの思考につき添い、僕らが自分たちの考察をできる限り遠くまで推し進めるよう強いる。ある日、僕らが彼の最新の著作について質問すると、グルニエはその作品で言及したさまざまな島々での放浪を思い描いた。僕が最初に学んだイエズス会の学校（あの強制収容所！）で過ごした日々は遠くに、はるか遠くに過ぎ去った。

一九三五年七月二十三日

パリでの短い滞在を終え、アルジェに帰る。父と遅くまで台所で議論。アドリアンヌ・モニエに対する深い賛嘆の念を父に告げた。僕はパリのオデオン通り七にある彼女の素晴らしい貸出し専門図書館、〈本の友の家〉を訪れることができたのだ。何百冊もの、さらに何百冊もの本。ここならどんな本も見つけられる！　それにモニエ夫人はなんとすごい女性だろう……夫人は僕にわずか数千フランでこの事業を始めたと打ち明けた。同じことをアルジェリアでもやらなければならないだろう。父も賛成だが、ただしもう少し小規模なものをと言う。そう、少し小規模なもの、だがそれでもその精神は保ち続けなければ。つまり新刊書と古書を売り、書物の貸出しもする書店。そして単に商売ではなく、出会いと読書の場所。さらに言えば、いわば地中海的な概念を持つ友情の場所――言語や宗教の区別なく、地中海をめぐるあらゆる国々の作家や読者を呼びよせる、ここの、この大地の、この海の人々を呼びよせる場所。そしてなによりも、偏狭なアルジェリア主義者に反対する。それを超越して進むこと！

一九三五年九月十八日

祖父のジョゼフがガルダイアから帰る。夕食のとき、祖父は僕に、砂漠までどうやって何頭ものラクダを借りて行くかという話や、盗賊による不意の襲撃に備えてライオンや豹のハンターにつき添ってもらう話をした。仲買人という仕事のために生きていて、事実を語るより話をでっちあげるほうが多い不思議な人だ。祖母はいつもいらだって頭を振る。僕と祖父は飲みながら、真夜中まで文学や絵についておしゃべりした。彼は僕に著者ロラン・ドルジュレスの献辞の入った『木の十字架』をくれた。そして、この小説はフェミナ賞を取る前にゴンクール賞の候補にも挙げられていたけれど、最終投票でプルーストに負けたのだと話した。それでもドルジェレスの出版社は本に「ゴンクール賞—十票中四票」という帯を加えたのだ。僕は学歴のない祖父の教養に感心する。祖母のほうは、日曜日に自分を連れてサン・トウジェーヌ墓地に行く約束を僕にさせて、さっさと寝てしまった。僕の母の墓参りだ。

一九三五年十月九日

棚の本を整理していて、カテキュドロップの罐を十個見つけた。ある夏、町の商人たちに売った残りだ。焼けつくような太陽の下、半袖シャツで、何スーかを稼ぐために食料品店を周った。この残った分を僕だけで平らげるには少なくとも一年はかかるだろう。これは友達にやろう。カテキュに賞味期限はあるんだろうか？　それとも書物のように、不滅なのか？

一九三五年十月十四日

隣に住む婦人が買い物の品を運ぶのを手伝った。彼女は礼を言ってから、こうつけ加えた。あなたはとても親切だけど、鳥の眼つきをしている、そう、まさに鷲の眼つき、私を貪り食いたいみたいな。でも幸い、と彼女はさらにつけ加えた、あなたはにっこり笑うわね、そうじゃなきゃ、すごく怖い、と。この種のことを聞かされるのはいつでも愉快だ。僕は傷つかないふりをして、眼鏡を鼻の上にずり上げて平静を装った。

一九三五年十一月六日

ジャン・グルニエが僕ら各人に、この課程を修了したら君たちは何をやり遂げたいと思っているのかと尋ねた。僕は、出版物に魅力を感じていると答えた。グルニエは、アルジエなら書店兼出版社のようなものを開く余地がある、君はチャンスをつかむべきだ、と僕に指摘した。自分には事業を始める資力がないので、と僕は反論した。グルニエは言った。「少しばかりの勇気をもって、一歩ずつとりかかれば、乗り越えがたいと思えることでも、やすやすとやりとげられるものだよ」そしてつけ加えた。「もし君が出版社をやるなら、助けになるような原稿を一つ提供しよう」僕は彼にカテキュをさし出した。グルニエはひどく面白がった。

一九三五年十二月二十四日

むやみに昔が懐かしく、気が滅入る。父がきちんと整理して書斎にしまってある家族写真の入ったダンボール箱を探ってみた。写真は湿気で少し傷んでいる――これは父方のひいお爺ちゃん。一八三〇年にアルジェにやってきたフランス艦隊の船でパンを焼いていた。僕の両親の結婚式の日の写真もある。裏に鉛筆で一九一二年四月六日という日付が書かれている。場所は単に「アルジェ」とある。彼、ヴィクトル・シャルロはいかめしく尊大な表情で、逆V型の口髭（くちひげ）をたくわえ、ネクタイをきつく結んでいる。彼女、マルト・ルシア・グリマは、美しい、すごく美しいが、気づまりな顔つきだ。二人はそれぞれ二十三歳と十八歳だった。そして次に古い新聞の切り抜きが一枚、一九一九年八月五日の日付で、母の死を知らせている。「ヴィクトル・シャルロ及びその二人の息子エドモンとピエールは謹んでお知らせします……辛い喪失……妻にして母、そして娘……クーバにて逝去……享年二十六歳……葬儀は本日行なわれます……午後四時三十分……クーバのヴィラ・エレーヌ、バス停留所はオアシス……聖オーギュスタン教会……聖ウジェーヌ墓地」。気を取り直す。文学、それは僕の頭を片時も離れることはないだろう。父は僕にいろいろな本を持って帰ってきた。父がアシェット出版社の書籍営業部門を統括していなかったら、どうやって自分の読書欲を満足させればいいのだろう。

一九三六年一月六日

グルニエ教授が僕に言ったことをよくよく考えてみる。何人かの友達にもそのことを話した。ジャン・パンヌとクストン夫人――未亡人になってからもそう呼ばれるままにしている――はすごく熱意がある。僕は昼夜を問わずその夢を見る。

一九三六年二月十二日

祖母が整理をしていて見つけた一枚の紙を、夕食の席で僕にさし出した。祖母はちょっと悪戯(いたずら)っぽい笑いを浮かべていた。その紙には、かつてのイエズス会学校の教師の言葉が記されていた。「難しい生徒で、いつもぼんやりしている」。大学に進まず、もっと文学に身を捧げるという計画を確固たるものにする評だ。

一九三六年三月二日
いろいろ計算をする。貯金はほとんどない。ある商業学校で数回やった講座のおかげで手に入れたお金だけ。

一九三六年三月四日
クストン夫人はこの事業に過度に精力を注ぎたくない。一人で子供たちを育てなければならず、この仕事に割く時間があまりないからだ。僕はなんとか一万二千フラン集めた。僕らが本来やりたいことをやるためには、これでなんとか足りるだろう。出版社、書店、その他いろいろ。砂漠なき冒険、豹もいない、だがそれでもやはり冒険だ。

一九三六年三月九日
僕の選択に賛成はしないまでも、励ましてくれる家族の面々をひとわたり見てみよう。家族は僕がすでに郵便局に就職していると思っていた。それでも、僕に金を与えるほど裕福ではないが、この先アシェット社から持ってこられるすべての本を僕に譲ると約束する父の目に、小さな誇りがきらめくのを見たように思った。弟のピエールは賛成してくれた。祖父は納得しない。彼にとって書物にかかわることは素晴らしい暇つぶしではあるが、いかなる場合でも仕事ではない。「お前の親父が手に入れたものを見ろ。わずかなもんだ……」祖父は僕が判断を誤っていると考えていた。祖父が祖母に、もし僕が何かを売りたがっているなら、ワインか果物の商売を選ぶべきだろうと言っているのさえ耳にした。

一九三六年三月十一日

ベルクール地区にあるアフリカ音楽協会所有の部屋で、シカール、カミュ、ポワニャン、ブルジュワ、それに少し前に設立された労働座の見習い役者たちと午後を過ごした。彼らは自分たちが脚本の構想を練った四幕の芝居『アストゥリアスの反乱』の下稽古に熱中している。劇はブルジョワ側とプロレタリアート側の二つに分裂した小さなスペインの村で展開する。村人たちは間もなく放送される選挙結果をラジオで聴こうと、カフェに集まっている。右翼が勝つ。ちょうどそのとき、ストライキに入っている坑夫たちが武装して村に侵入したことが知らされる。商人たちが殺され、トラックが一台爆破される。政府は軍隊と爆撃機を派遣して抗夫たちを殺戮する。芝居は鮮やかで、痛烈で、鋭い。これは当たるだろう。まちがいない。この芝居で得られた金は恵まれないヨーロッパ人と原住民の子供たちのために使われることになっている。

一九三六年四月十七日

信じられないような幸運。大学のすぐそば、シャラ通り二番地の二に賃貸物件が見つかった。すごく狭い。およそ七メートル×四メートルだが、僕らにはここでじゅうぶんだ。ジャン・パンヌとクストン夫人と僕、僕らは両手を伸ばして両側の壁に触れられるかどうか試して楽しむ。ギシギシときしむひどく急な階段（ワックスをかけてみよう）を上ると、僕らが大げさに「二階」と呼んでいるところにたどりつく。そこは実際はごく狭い空間にすぎないけれど、僕らは木の棚板を乗せた鉄の台架を置いて、その屋根裏の小部屋を事務室に変える予定だ。僕は幸せだ！　もう金もないし、借金に首まで浸かっているけど、僕は幸せだ。

一九三六年四月二十日

エマニュエル・アンドレオとの面談。彼はモガドール通り四十一番地にあるヴィクトル・アンツの古い印刷所を再開した。僕らの計画に協力したがっており、若者を信頼しているこの善良な人物とのすごく興味深いやり取り。原稿を探したり、読んだり、創作したりするよう励ましてくれる。僕らはいっしょに良いものを作っていくことで意見が一致する。

一九三六年四月二十一日

カミュから、至急『アストゥリアスの反乱』を出版してほしいという依頼。四人の執筆者は彼らの戯曲の上演を禁止したアルジェ市長、オーギュスタン・ロツィの決定に怒り、絶望している。主題は危険で、暴動の教唆になりかねないというのが市長の考えだろう。四人の若い文学部の学生が一人の市長を震えあがらせた。二か月を超える努力が無に帰す。劇団はすでに投じた多額の経費を返済しなければならない——舞台装置の製作だけで六百フラン。僕はもちろん出版を引き受けた。たとえこの芝居を上演できないとしても、少なくとも戯曲は読まれるべきだ。カミュも小さな赤いビラを用意していて、その冒頭の部分を僕に渡した。

労働座が上演禁止に
『アストゥリアスの反乱』
が市当局を脅かした。
知事は許可し、市長は禁止。
何の理由もなく——専制だ。

一九三六年四月二十八日

『アストゥリアスの反乱』は数週間後に刊行されるだろう。この作品には〈アルジェにて、労働座の友人たちのために。サンチェス、サンチャゴ、アントニオ、ルイス、レオンに〉という献辞があり、著者たちの名前は記されていない。用紙、活字、色の選択。表題の文字は、いちばん効果の上がる赤色にしよう。この本を僕の名の下に刊行するのは危険すぎる。自宅で本を押収されるおそれがあるから。考えた末、単純に僕のイニシャルをごく小さいイタリックで添えることにする。*e・c*。

一九三六年五月五日

これは図書館であり、書店であり、出版社ということになるだろう。だが何よりもそこは、文学と地中海を愛する仲間たちのための場所になるだろう。二番地の二に設備が整うや否や、僕はもう有頂天だ。隣人とも顔見知りになり始める。商店主やカフェのボーイたち。僕の世界に登場する新しい人種だ。戯曲『アストゥリアスの反乱』は発売中。巷（ちまた）ではイニシャルの*e・c*はカミュ出版（エディション・カミュ）を意味するといわれている。ペテンは長くはもたないだろうが、まあなるようになる。それに何より本を売ることができるのだ。

一九三六年五月九日

きのう、ジャン・ジオノから手紙が届いた！　あの偉大なジオノからだ。実はこの書店の名前を、僕が息をのむほど感動した彼のエセーからもらって《真の富》とする許可が欲しいという手紙を、さして期待もせず彼に出したのだ。そのエセーでジオノは僕らに、真の富にもどるよう命じている。それは大地であり、太陽であり、小川であり、最後にはやはり文学である（大地や文学以上に大切なものがあるだろうか？）。手紙を開けながら、興奮のあまり危うく破いてしまうところだった。ジャン・パンヌにジオノの返事を何度も繰り返した。「もちろんその名前をお使いくださって結構です。それは私の所有物ではありません」

一九三六年六月三十日

暑さと湿気。セミが窓の下で鳴いている。昨夜の不思議な夢――ライオンと豹が僕の本を貪り食っている。一人の女（もちろん美人）が、僕の書店の二階で本を読んでいる。黄昏（たそがれ）どきのシャラ通りの熱い光の下、宙に浮かぶ奇妙な肘掛け椅子におさまって笑っている友人たち。

一九三六年七月十九日

ある観光雑誌でジオノのすごく美しい物語を見つけた。題名は戸惑わせるものだ。「日々の円環」。深い感銘を受ける。プロヴァンスと南フランスに連れて行かれ、そこに深く入りこまされた。作品はこの書店にぴったりで、僕の考え方によく似ている――アルジエの防波堤に限定されない地中海的思考。僕はジオノにあらためて手紙を書いた。この作品の出版と、できた本をうちの最初のお客たちに開店の贈り物として提供する許可をもらうために。

一九三六年八月八日

《真の富》の開店に備えて、ジャン・パンスヌ、クストン夫人と午後を過ごす。三人で長いことかかって、僕らの志を明確に表わすスローガンを考え、結局〈若者の、若者による、若者のための〉に皆が同意した。気取っている。それはわかっている。でも僕らはまさに若者であり、そしてこれはきわめて因習的な街、アルジェに対する一種の宣戦布告のように聞こえるかもしれない。大きな白い看板を注文した。それに黒い文字で僕らのスローガンを印刷させよう。

一九三六年八月二十七日
ジオノから返事が来た。心の優しい人だ！　彼は、「了解しました」と書き、「もちろん」と書き、「感動しました」と書いている。本は高級な用紙を使って三百五十部印刷しよう。大胆すぎるだろうか？　いや、うまく行くだろう。

一九三六年九月九日
ジャーナリストのヴィクトル・バーリュカンドの未亡人リュシアンヌが開店前の書店に立ち寄った。彼女は、ヴィクトルが準備していた本のためにボナールが描いたデッサンを何点か、自分が持っていると打ち明け、ここの開店祝いの日に展示できるように、それを貸してくれると請けあった。ここは確かに書店であり、出版社だが、アートギャラリーでもあるんだ！　リュシアンヌはボナールの甥にも紹介してくれた。シャラ通りでこのすぐ近所に住むワイン醸造家だ。彼のほうは油絵を三点貸してくれるという。すごいぞ！

一九三六年九月十三日
表紙や文字のフォントなど、僕が将来出版する本の個性的なグラフィックを思い描いて多くの時間を過ごす。『日々の円環』に関しては、ふと思いついて、表題の文字が完全に円形になるように配置してみる。これは成功しそうだ。そんな気がする。

一九三六年十月一日
背中の痛み、目にしみる汗、割れた爪。この十日間、僕は家に持っている本を二の二に運んでいる。自分でラベルを作って、整理番号の上部に張りつけ、著者名のアルファベット順のリストを用意する。確かにまだ空きだらけだが、希望を持たねば、とにかく最初のうちは。

一九三六年十月五日
晴れの日までひと月しかない。僕らは案内状を発送した。父は仕事で手に入れた本を追加で何十冊か届けてくれた。僕自身の収集品を立派に補ってくれる。

一九三六年十一月三日
開店日だ！　明け方に目覚める。穏やかな冬が続いている。すらっとしたアラブ人のカフェのボーイ──そっけない顔つきだが、優しい目をしてきれいな口髭を生やしている

——が僕に警告する。信用してはいけない、冬は厳しくなり大勢の貧民たちの命を奪う、と。それは世界の終わりを予言するみたいに響く。胸がしめつけられる思いで、書店に着く。もし一人も客が来なかったら？

一九三六年十一月十九日

開店以来、大勢のお客さんが《真の富》に押しかけ、本を買ったり借りたりする。客たちはけっして急いでおらず、あらゆることについておしゃべりしたがる。作家たち、表紙の色、文字のサイズ……。客はとりわけ教師や学生や芸術家だが、小説を買うために金を貯めている労働者もいる。大冒険が始まった。

一九三六年十二月二十四日

『アルジェ情報（レコー・ダルジェ）』紙に《真の富》についての記事が載った。ちょうどクリスマスイブに。

一九三六年十二月二十五日

ガブリエル・オーディジョの『海の塩』を読む。著者はアルジェ・オペラ座の元総支配人を父に持つマルセイユ人だ。この作品は、若さとチュニジアの太陽に満ち溢れている。

地中海万歳！　オーディジョに手紙を書かなければ。彼は私に何か出版に値するものを託してくれるだろう。

一九三六年十二月三十一日

考えるべきことがたくさんある。注文品の用意、人から聞いた印刷所の住所のメモ、忘れてはいけない面談。そしてもちろん、印刷所にわたす本の表題や取り決めた価格や予定部数、それに配本予定日を書き写しておくのを忘れないこと。小包を郵便局にもって行き、請求を支払い、財源に目配りしなければならない。それらすべてが、原稿読みと同じくらい、出版者の仕事の一部だ。そしてたぶん、さらに多くの仕事がある。僕は会計計算をやってみるために大きなノートに縦の欄を二つ作った。一つは支出欄、これはすごく多い（店の維持管理費、印税、印刷代、税金）。もう一つは収入欄で、こちらはずっと少ない。数百フランしかないのだから。

第二章

リヤドが最終便でアルジェに着いたのは夜。髪はぼさぼさに乱れている。迎える者は誰もおらず、誰も彼を知らない。こんなに遅い時間でも、空港は少数のホームレスも混じった陽気な暇人であふれている。人はそこに近親者を迎えるために行くが、また、これから飛び立とうとする人たちを眺めたいからという理由もある。いつか自分たちもまたどこかへ旅立つことを想像する。リヤドは空港を出る。怯えた、途方に暮れたような様子で。ニキビだらけの若い男がリヤドに声をかける「千ディナールで、どこでも行きたいところに行くよ」

白タクの運転手はラジオをつけ、サッカーと政治の話題で長広舌をふるうＤＪに耳を傾ける。その間リヤドは窓の外を眺める。道路はがらんとしていて、街は照明が行き届いていない。レストランはどこも閉まっている。運転手は腕を伸ばして遠くの一点を指し示す「ほら、あそこ、ぜんぜん明かりが見えないだろ。あれがカスバ、ブラックホールだよ」。リヤドは答えずに微笑む。それから数分して車はスピードを落とし、ハマニ通り、つまり旧シャラ通りの入口でリヤドを降ろす。界隈は静まりかえり、暗く、寒い。運転手はひと言もつけ加えず立ち去る。彼にはその晩の客がしゃべりたがっていないことがわかっていた。さらに、真夜中には言葉が何を引きおこすかはよく知られている。問題の波がつぎつぎに押し寄せ、互いにぶつかりあう。

リヤドは二の二に近づく。ここが書店であることを示す特別な目印はない。金網のシャッターを透かして大きなガラス窓が見える。その上にこう書いてある。「読書する一人の人間には二人分の価値がある」。右隣はピザ店、左隣は食料品店で、両方とも閉まっている。犬の吠え声がして、リヤドは思わず飛びあがる。着いたばかりだが、もう自分がこの通りを好きになれないとわかる。ポケットを探ってパリから持ってきた鍵を取り出し、錠にさし込む。シャッターを上げるとき、ギシギシと嫌な音がする。二番目の鍵でドアを開ける。ドアはちょっとあらがってから開いた。真っ暗闇なので、こもった匂いの中をすり足で進まなければならない。何か音が聞こえないかと耳を澄ませて。自分しかいないとわかっていても、リヤドは怖い。電灯のスイッチを入れる。光に目がくらむ。何百冊という本が壁を覆っている。ところどころ古い棚板が重みでたわんでいる。オレンジ色のラベルのおかげでさまざまなジャンルの本が見分けられる——歴史、文学、詩……本はアルファベット順に整理されている。くすんだ木の床は埃に覆われ、雑誌が何冊か散らばっている。奥には入り口に向かいあって巨大な木の机が鎮座している。モノクロ写真がそこここにかかっている。リヤドは人々のポートレートの下に書かれている名前を判読するが、ほとんどが知らない名だ。——アルベール・カミュ、ジュール・ロワ、アンドレ・ジッド、カテブ・ヤシーヌ、ムルード・フェラウーン、エマニュエル・ロブレス、ジャン・アムルシュ、ヒムード・ブラヒミ、モハメド・ディブ。そして部屋の中央には天井から一人の男の巨大なポートレートが下がり、この場を見張っている。かすかな笑みを浮かべ、黒眼鏡をかけ、禿げ頭の、常軌を逸しているようでいて思慮深げな雰囲気を漂わせた男。エドモン・シャルロ。

疲れきったリヤドは小さな木の階段で屋根裏部屋にたどりつく。そこにマットレスがあるとリヤドは知っている。緑、赤、黄、青の色タイルの天井の下へ彼は倒れこむ。眠ること。明日、この場所を空っぽにする仕事を始めなければならない。

目が覚めたとき、リヤドは頭痛がしている。身を起こす。スーツケースは足元にある。車輪をきしませながらブレーキをかけるパリの地下鉄の記憶、空港へのシャトルバス、通路、土産（みやげ）が詰め込まれた乗客たちのザック、爪の下や毛穴の中や喉の奥の黒い塵（ちり）。空、陰鬱な雲。ちょうど着陸しようとしたとき、飛行機は揺れた。一人の女性が叫び、それに怯えて抱かれている赤ん坊が泣く。かすかに照らされた地面に両輪が届く直前、飛行機の窓からリヤドは鳥たちが飛び立つのを見たように思った。それから税関、頬髯（ほおひげ）で下手にニキビを隠した若い運転手とのドライブ。夜の街道、カスバの暗い穴、広い道から細道に入り、書店、古いマットレス、ところどころ穴の開いた毛布。彼の携帯電話はここでは通話不能だが、時間を見ることだけはできる。午前七時だ。通りは間もなく目覚めようとしている。空は消しゴムで消されたように明るくなる。暗黒から、灰色がかった鋼色に変わる。猫が何匹か喧嘩する声が聞こえる。アルジェではこの先、猫の喧嘩を見ない朝は一度もないだろう。リヤドは猫たちが雨をたっぷり含んだ雲の下で、くんずほぐれつ全力でぶつかり合っている姿を思い浮かべる。

十日前のこと、リヤドは大学から地下鉄で帰った。車内では、周りの騒音――物乞いをする歌手やベビーカーの中で泣く赤ん坊――から逃れようと窓ガラスに顔を向けていた。

リヤドは考えにふけっていた。実習（スタージュ）先を見つける手がかりがまったくないと思うと不安でたまらない。正当な理由があるものからないものまで、十件くらい断られた。下車駅に着いて、行きつけのバーに向かうために地上に出た。パッとしない店だが、そこなら一パイントのビールを前に静かに考えられるのがわかっていた。カウンターで、かなり酔ってぼんやりと宙を見つめている男の隣に座った。上着のポケットに入れた携帯電話の振動を感じた。父親からのメールだった。

息子へ

母さんから、お前のスタージュの先がいつまでも見つからないと聞いた。アルジェに行くのはどうだろう。私の友達があることを話してくれた――その友達の友達が、中心街の古い書店を買った。実を言えば、そこは以前から公共図書館になっているのだ。その界隈に住んでいる人たちは、たとえしょっちゅうそこを利用しないにしても、深い愛着をもっている。お前もわかっているだろうが、人はそれを失って初めて自分たちの豊かさに気づくものだ。新しい所有者はそこをレストランにするつもりだ。ベニエを売ることになっている。あらゆる種類のベニエ。まちがいなくすごく儲かるだろう。あそこではいつもベニェ一個は本一冊より価値がある。その男は国立図書館にそこの蔵書を回収してくれるように何度も頼んだが、誰もとりに来ない。これ以上待てないということで、できるだけ早く空にして、建物を塗り替えるために、人を必要としている。一、二週間あればやれるだろう。マットレスを備えた狭い中二階があるから、そこで寝ることができる。友達はお前のスタージュの書類にサインしてくれる。彼からお前にメールが届くだろうし、鍵を送ってくれるだろう。

ではまた。

パパより

それから二日後、リヤドはその友達という人物からメールを受けた。

こんにちは、リヤド。

元気かい？　君の父さんから、君がずいぶん大きくなって、もう一人前だと聞いた。君のスタージュについては何も問題ない。すぐサインして判を押す。何か問題がおきた場合は私に連絡を。友達はしょっちゅう旅行していて、この件に関わっている暇がない。何も残さないでほしい。すべて捨てるか、廃棄させてくれ。近所の連中とはおしゃべりをしないように。特に商店主たちとは。大事なのは、できるだけ早くその書店にあるものをすべて捨てて、そこを白く塗ることだ。鍵といっしょに必要経費を送る。

以下に書店に収まっているもののリストを添付しておく。

よろしく。

廃棄すべきもののリスト――
フランス人および外国人作家のフランス語による小説　千九冊
アルジェリア人作家のフランス語による小説　百三十二冊
アラビア語による小説　二百二十二冊
宗教をテーマにした著作　十七冊　問題が起きないよう黒いゴミ袋に入れてから捨てること。
詩作品　四十二冊　君にガールフレンドがいるなら、彼女のために一、二冊取っておいてもかまわない。残りはゴミ箱行き。
科学書　十八冊
心理学書　九冊
歴史書　二十六冊

児童書　百七十一冊
演劇書　三十八冊
映画書　十九冊
複数のモノクロ写真
カラーの大きな肖像写真　一点
開かない引き出しと目立つ単純な裂け目のあるオーク材の机　一脚
古い電気スタンド　一個
〈若者の、若者による、若者のための〉と書かれた看板　一枚
中二階のマットレス　仕事の期間中は君が使ってよい。終了したら廃棄。
紙類
箒　一本
バケツ　一個

リヤドはこれまでに一度だけアルジェに来たことがあった。六歳のときだ。自分の弟を訪ねる父に連れられてきた。この街はひどいところだと思った。叔父はリヤドを娘の部屋まで連れていき、二人でおとなしく遊びなさいと命じた。従妹はリヤドより一歳年下だが、

背は十センチ高かった。頭がとても大きくて、ひどくカールさせた髪はクシの入れ方がまずくて、垂直に突っ立っているように見えた。従妹は細紐を使ってリヤドを後ろ手にしばり、にやにや笑いながら、乱暴に平手打ちを食らわした。

以来リヤドは、この街と、自分より大きい女と、カールさせた髪に対する紛れもない不信を抱いた。一度もアルジェには戻らず、大学入学資格試験（バカロレア）に合格すると、パリに落ち着いて、コンスタンティーヌで薬剤師をしている父親の貯えのおかげで、勉強を続けていた。

そして今朝のアルジェ。書店は注意深くラベルを貼った壁一面の書物で歓待してくれているが、リヤドはここにいると自分の無力を感じる。読書を好きだったことが一度もないリヤドにとって、印刷され、綴（と）じられ、貼り合わされたこの紙類は何の魅力もない。彼は机の前に座り、引き出しを開けようとしたが無駄骨に終わる。本に近寄ってみる。すごく大きな本もあれば、ごく小さいものもある。おびただしい数の部族のようだ。表紙が裂けたり染みがついているものもある。エドモン・シャルロはリヤドの一挙手一投足を見つめている。この男は写真の中で楽しんでいるらしい。リヤドはそれでほっとする。彼は書店のドアを開ける。まだ夜は明けきっておらず、街灯がついている。金色のテラスや青いシャッターが備わった周囲の建物は白々としている。通りを何人かの人が歩いている。足速に、コートの襟を立て、歩数を数えるかのように頭を下げて。雨が降っていて、いくつか水たまりができ始めている。強さを増す雨。正面に一人の老人が杖にもたれて立っている。肩に白いシーツを巻きつけて。リヤドはそのシーツが何のためなのかよくわからない。

リヤドは老人と目を合わせないようにして外に出る。そして隣の食料品店の前で立ちどまる。陳列棚は半ばからっぽで、数少ない品が雑然と積み重なっている。へこみが目だつリンゴ、グリーンサラダ、ダース単位で売っている南京錠、ごく細い赤ピーマン——リヤドが子供のころ、母が息子の鼻の下で振り動かして、もし嘘をついたらこれを食べさせるわよと言いわたしたあの赤ピーマン——などがある。それから透明なナイロンのサンダル、三枚組で売っているチェックの布巾、さらにはラベルに「果実一〇〇%、砂糖一〇〇%」と書かれたジャムの瓶も置いてある。白いものの混じったきれいな髭をたくわえた店主の男がにこやかに、リヤドに挨拶する。

「いらっしゃい、旦那(ハビビ)さん。何をさしあげましょう」

「ええ、ペンキを買いたいんだけど、ありますか」

「ああ、いえ！　ペンキを見つけるのは大変だと思うよ」

「ほんと？」

「ええ、ほんと！　街じゅうでペンキが不足してるんだ」

「いつから？」

「昨日から」

「それは解消しそう？」

「いや、こりゃあ、ピンチだよ。救いようのない話だ。生産者と販売店との闇取引だ。細かいことは知らないけど、この街のペンキについて言えば、まず見つからないことは確かだね」

「ひどい！」

「ほんとだよ。おまけに新しい法律で外国からの輸入は禁止されてる」

「全然手に入りませんかね？」

「だめだね。でもわからんよ。物事はなんとか片づくかもしれん。希望をもち、祈り、奇跡を信じなきゃ。ほら、リンゴを一個あげるから、気を紛らわして。サービスだよ」

「ありがとう」

厚かましく選ぶ勇気もなく、リヤドは目の前にある一個に手を伸ばす。店主は彼が去るのを心配げな表情で眺めている。今朝、アブダラーが目覚める前に、近所の人々が集まった。真夜中にニキビ面の白タクの運転手が、ついさっき若い男を二の二で下ろしたばかりだとみんなに知らせたのだ。みんなはシャッターが上げられているのを知る。リヤドがなぜ店の前にいるのかはわかっている。《真の富》がなくなろうとしているのを知らない者はいない。噂は数分で界隈に広まり、売りもののペンキはもはやただの一罐もない。

リヤドはハマニ通りを上る。店を開けかかっているカフェ、シェ・サイードの前でリヤドが立ちどまるのが近所の窓から見える。入口の布の日よけが広げられる。死人を思わせる褐色の肌に、髪をジェルで固め、目の下がたるみ、噛みたばこで変形した上唇というご面相のウェイターが、テーブルからプラスティックの椅子を下ろす。リヤドはためらうが、ウェイターは席を勧める。

「何にしましょう?」

「コーヒーをブラックでお願いします」

リヤドは凍えた腕を覆うために袖を引っ張る。こんな寒い街は記憶にない。書店の前にいた老人のことを考える。どこからやって来る?　なんでひどく重そうなあの白いシーツを肩にかけてる?　それにあの瑪瑙(めのう)のように黒い彼の目は、なぜこの僕を見つめてるんだ?

数日前、リヤドはパリで、クレールといっしょに別のカフェに座っていた。寒くて夜が更(ふ)けているのに、二人は帰りたくなかった。だがウェイターはいらついた目でこちらをちらちら見ながら、テーブルを片づけている。彼らは結局席を立った。ウェイターはほっとしたように、いそいそと二人の背後でドアを閉めた。クレールとリヤドはセーヌの河岸をさかのぼりながら、この前のプロヴァンスでのバカンスの思い出話にふけった。朝、彼らの目を覚まさせたセミの声。黄色と赤の石でできた村、見渡すかぎりの畑。クレールは目では笑いながら、いらだって地団駄を踏み、繰り返し言った。もう雨や、寒さや、霧には我慢できない、私の体全体が太陽を求めているの、と。そしてリヤドは、彼女をつくづくと見て、すべてを頭に入れた。キラキラと輝く目、現われては隠れ、また現われる微笑み、何気なく彼の腕に置かれる手。


シェ・サイードのウェイターが、アルジェのサッカークラブUSMAのロゴの入った白い大きなカップでコーヒーを運んでくる。

「いやな日ですね、今日は。この天気じゃあお客さんの入りも悪いし。みんな雨を嫌がるんです」

リヤドはうなずく。灰色の雲が次々に現われる。新聞を小脇にした六十がらみの二人の男が、大声でしゃべりながら席に座る。

「ニンニクが千五百ディナールだとさ、あきれるよ、ああ、ああ、まったく」

「それにバナナの値段を見たか？　ここ数か月で六十ディナールが六百八十ディナールに上がったぞ」

「連中は石油をくみ上げたよな。そうしてこのざまだ。恐慌だよ、こりゃあ恐慌だ」

「じきに飢え死にする者が出るぞ」

「こりゃあ深刻だよ、いやあ、えらく深刻だ」

「どうやって切りぬけりゃあいい？」

「どうしようもないさ。何もできんよ」

「ひどい話だ」

「ひどすぎるよ」

「それに、誰も何も言えないんだ。みんな口を封じられとるからな」

「そうそう。何も言えない」

「政府が国民に勘定を請求して、その逆がないなんて、世界でこの国だけだよ」

「ああ、まったくそのとおり！　政府はいつだってわれわれに怒ってる」

「それで、若い奴らは何してる？　何もしとらん！」

「連中は何もしやせんさ。うちの息子は二十歳だが、日がな一日パソコンの前で過ごしとるよ。あの馬鹿が！」

「うちのは朝から晩まで寝とるよ。俺がうっかりあいつの部屋のドアを開けたりしたら、喉を掻っ切られる雌豚みたいな金切り声を上げやがる」

「ダメ世代だな！」

「おい君、そこのお若いの」

リヤドは二人の方を向く。

「僕ですか？」

「君ら若い連中は何をやってる、え？　通りに出てデモをやるのを何でためらってるんだ？　君らはなぜそうだらしないんだ？」

「知りませんよ、僕は、僕は！」

「知りませんよ、僕は、か！」

二人の男はどっと吹きだして、自分たちの議論に戻る。

「俺が思うに、奴らは食い物に何か入れてるんじゃないかな」

「誰が？」

「政府の連中だよ。奴らは食い物に脳をぼやけさせる禁止薬物を混ぜ込んでるんだ。俺たちがされるがままになるようにな。ブログでそれについて面白い記事を読んだことがある」

「レイプする奴が使うドラッグみたいなやつか？」

「そう、似たようなやつだ。奴らは俺たち市民をより従順にするためのドラッグの発明に成功したんだと思うね。そうでなきゃ、ありえんよ！」

「だけど、デモをやってる者はいるし、いろんな町で暴動も起きとるぞ。きのうもネットの動画で見たよ。南部で暴徒の騒乱があったんだ。警官が若い奴らを殴ってた」

「ああ、それは普通より少ししか食わない奴らに違いない……俺たちは薬を盛られてるんだよ、そりゃあ確かだな」


リヤドはやけどしそうに熱いコーヒーを飲みこみ、テーブルに小銭を置いて店を出る。今度は通りを下って、一軒のパン屋に入る。ショーケースの向こうにいる女性はひどく小柄だ。レジの後ろにやっと頭が見える。髪は紫のスカーフで包み、瞼（まぶた）にはピンクのアイシャドウ。

「こんにちは、あの……」

「ペンキは売らないわよ」

「えっ？」

「何をさし上げましょう？」

「えーと……クロワッサン一つ。さっき、ペンキは売らないって言いました？」

「そう。はい、どうぞ。めしあがれ。神のご加護を」

風が椰子(やし)の枝を揺する。また雨が降りはじめる。最初はやさしく、それから次第に強く。リヤドは書店に向けて走る。そこへ駆けこむ瞬間、今朝の老人の姿がちらっと目に入る。白いシーツを肩にかけて、顔に雨が流れ落ちている。子供たちが駆けてきて、すばやく雨宿りの場所にたどり着く。街灯の明かりが水たまりの中で二つに割れる。道路が光りはじめる。もう少ししたら、アブダラーを除いて道には誰もいなくなる。リヤドは、むやみに大きくて、いささか常軌を逸しているように見えるその老人に合図しようとして尻込みするが、結局は歩道の彼のところへ行く。アブダラーは水をたっぷり吸った白いシーツの下に、粗末だが清潔で、まだ乾いている茶色の服を身につけている。

「こんにちは(サラーム)、息子よ」

「こんにちは(サラーム)、おじいさん(エル・ハジ)、家に帰りたくないんですか？　こんな雨の中にいたら死んじゃいますよ、それにこの濡れたシーツを着てたら重いでしょう」

「いや、私はここで大丈夫だ」

アブダラーはぐっしょり濡れた白いシーツを体のまわりに巻きつける。

「ほんとうに大丈夫？　住まいは遠いの？」

「いや、私はここに住んでいる」

老人は、ぼんやりした動作で通りを指し示す。

「ここ？　外に？」

「違う、ここだ、ここ」

彼はもう一度通りを指す。

「ちょっと中へ入りませんか？　コーヒーを淹れますから」

「入る？　書店の中へ？」

「ええ」

「いや、私はここにいるほうがいい」

「何か僕にできることは？」

「いや、わたしはまだ体が不自由ではないし、杖もある。君の名前は？」

「リヤドです」

「私はアブダラー。苗字は何だい？　君は誰の息子だ？」

「両親の」

「馬鹿、ご両親はどこで何をしてる？　誰かこの辺にご両親の知り合いはいるのか？」

「両親はコンスタンティーヌに住んでます」

「ああ、君はアルジェの出じゃないのか」

「アルジェ出身者なんて誰もいませんよ、エル・ハジ、ここは外国人の街だ」

「それはほんとうだ。まさしくほんとうだ……君は読書が好きか？」

「いえ……あの、本と僕は……」

「本と君は、何なんだ？」

「お互いそれほど好きになれないっていうか」

「本はみんなを好きだよ、お馬鹿さん」

「じゃあ、僕のほうが向こうを好きじゃないだけかも。ねえ、エル・ハジ、中に入りたくないですか？　雨を避けるところに入らなきゃ、こりゃあ大雨ですよ」

「神の恩恵だ」

「ぐしょ濡れになっちゃう」

「自分の周りを見てごらん。ここにあるものはずっと昔から存在してる。何世紀も前から。こうしたものを消し去るのは少しの雨じゃない。私自身は、たくさんの大雨を生き延びた。雨を恐れてはいけない。私たちがどうなるというんだ？」

「アンギーナ、インフルエンザ、肺炎」

「本より病気のほうが重要な問題だと思っている人間が、書店の中で何をしてる？」

「中を空っぽにして、ペンキを塗り替えなきゃならないんです」

「なぜ？」

「僕の仕事だから」

「書店を壊すこと、それが仕事、そうなのか？」

「スタージュなんです」

「スタージュ？　君は書店の破壊者になりたいのか？　そういう職業につきたいのか？」

「いえ、エンジニア志望です」

「エンジニアはものを作る、壊すんじゃない」

「僕は労働実習をしなきゃならないんですよ」

「君はエンジニアか労働者かどっちなんだ？」

「工学の単位を取るために、体を使う労働の実習をやらなきゃいけないんです。ここを空にして、ペンキを塗り替えて、出ていく。何も考えずに」

「本屋に入って何も考えないのか、君は」

「僕はただあそこを空けることになってる、あそこにある本を読んじゃいけないんだ」

「どこの大学でこんなことを教わったんだ」

「パリです」

「へっ……今ではフランスから破壊者が送りつけられる。〈労働者にしてエンジニア〉たちが。わかりましたよ、ムッシュー！　この国の人間だけじゃ足りないと見える。君ら若者は、君らは壊すことしか知らない」

「僕ら若者、僕ら若者……」

「何だ？」

「何でもありません。〈僕ら若者〉には何もない。あなたたちが僕らに残したものを使って、できることをやるだけです」

「誰が君をよこした？」

「誰も。僕はただこの仕事を受けただけです。寒けがする。いっしょに中に入らないと」

「寒くはない。寒さは君の頭の中にあるだけだ。誰が君をよこした？　誰が君にこの仕事を与えた？　なんという名だ？」

「僕はその人を知らないんだ。その人の知り合いの知り合いが父にここのことを話したんです」

「破壊にさえ、コネが必要か……。へっ……どこもおんなじだ。コネと買収。どこだってそれだ！　墓場の番人から国のトップまで」

「ハクション！」

「君、中に入りなさい、病気になるぞ。フランスの薬を持ってきていればいいが。ここではどの丸薬も人をじわじわと殺す酵母の錠剤だからな」

「で、あなたは？　入りたくないんですか？」

「そうだ、ほっといてくれ」


リヤドは老人を雨の中に残す。自分は書店に入り、使える唯一の椅子に座る。ドアに面して置いてあるがっしりした木造りの小さな机の後ろにあるやつだ。風は陰鬱なシンフォニーを奏でるようにうなり続ける。大きな窓ガラス越しにアブダラーのゆがんだシルエットが浮かび出ている。杖にもたれ、体には不思議な天空のベールのように白いシーツがまとわりついている。

アルジェ、一九三九年

《真の富》書店の入口の石段に腰を下ろし、アルベール・カミュはたばこをくわえて、原稿に手を入れている。つぎのあたったシャツを着て穴の開いた靴を履いた数人のアラブ人の小学生が通りを歩いている。先頭を一人の牧師が進む。われわれの中には、キリスト教の布教館に子供を預けている者もいる。そうすれば子供たちは読むことを学び、無料で寄宿できるので、貧困から脱け出せるだろうと保証されて。われわれは、そこでは子供たちがアラビア語やベルベル語を話すことは許されず、ミサに出席させられると知っている。学校の休暇で子供たちが帰省しているとき、親たちは彼らを観察する。彼らが自分たちの言葉やしきたりや宗教的信条を憶えていることを確かめる。子供たちは学校に通えない友達に自分が持っている珍しい本を見せたり、アルファベットを教えたりするし、学校に戻る前に畑仕事や工場での作業を再開したりする。

シャラ通りでは、子供たちがボールを追いかけて走り、一人の女の子を突きとばす。女の子はわめく「ばっちい鼻たれ小僧！」。シャルロは戸口の階段でカミュといっしょになり、微笑みを浮かべて子供たちを眺めている。少女たちが一軒のカフェのテラスで物乞いをしている。ぽってりと太った店主の男が悪態をつく「あいつらどんどん増えてやがる」

エドモン・シャルロの手帳
アルジェ、一九三七年―一九三九年

一九三七年一月二日

グルニエは約束を忘れなかった――彼は僕に、『サンタ・クルス、その他のアフリカの風景』という美しい表題のついた原稿を手渡した。最後のページまでなんと待ちきれない思いで読みふけったことか！　定規とカッターとトレーシングペーパーと校正紙を使って徹夜で束見本を作った。この作品の口絵をルネ＝ジャン・クロに依頼することを考えている。アルジェ美術学校出身で、僕は彼の仕事を高く評価している。刷り部数は五百五十部にしよう。

一九三七年一月四日

学生時代の仲間、クロード・ド・フレマンヴィルと夕食。彼はちょっとした遺産を受け取ったばかりで、そのおかげで印刷業に乗りだすことができる。かなり高慢だが、僕は彼のことをわかっている。〈CL・ド・フレマンヴィル印刷〉とシャルロ出版はこれから先、ごく少部数の著作の出版でいっしょに仕事をしていくことになる。

一九三七年一月十七日
ボナールのデッサンを返した。すごい作品なのに、客たちが感激しているような印象はあまり受けなかった。

一九三七年二月九日
僕らは書店用の宣伝ポスターを作った。もしかしたら、ちょっと真面目すぎるかもしれない。わからない。仲間たちの意見を聞いてみなければ。

選り抜きの作家たちの美装本取りそろえ。

児童およびあらゆる年齢に向けて特に厳選。

手描き挿絵入り初版本。

大画家たちの署名入り絵画、ロレンツィの鋳造複製。美しい本のお求めは《真の富》書店で。

一九三七年三月十二日
ジャン・パンヌがアルジェを去って、カビリアに住みたがっている。原住民のための美術学校を開こうという馬鹿げた計画をいだいているのだ。叔父のアルベール・グリマは寛大にも、ジャンの出資金の埋め合わせとして少額の金を僕に貸してくれた。これから先この会社はクストン夫人と僕の二人でやっていく。多くの友人たちの貴重な援助も忘れてはならない。実を言えばこの仕事はいくばくか彼らのものでもある。

一九三七年三月二十日
父と夜を過ごす。二人で用紙について長いこと語り合った——匂い、手ざわり、新しい紙と古い紙の違い。僕としては、ちょっとアイヴォリーがかった色合いが本に独特の個性を与える日本の紙に愛着がある。肌理(きめ)がなく、すべすべし過ぎていて、あまりに完璧なベラム紙よりずっと好きだ。

一九三七年四月一日

友人のソヴール・ガリエロが僕に会うために書店に立ち寄った。彼のカスバの隣人でモモとあだ名されるヒムード・ブラヒミといっしょだ。ガリエロは小学校時代からいつも変わらない雰囲気をもっている――君の言っていることが理解できないよ、僕の世界には無縁だね、とでもいうように軽く眉をひそめている。才能ある画家だ。学校では僕らの絵の先生よりうまかった。そのガリエロが悩んでいるように見えた。アルジェのアカデミーが彼に個展を開いてくれと言っているが、もちろん資金も会場も用意してはくれない。ガリエロはまったく一文無しだし、どの画廊に頼ればいいかもわからないという。僕はうちの店を勧めてみた。彫刻は飾り棚の本の横に置き、絵は高いところから吊るしたらどうだろう。眉はひそめたままだが、ガリエロの顔には明るい微笑みが浮かぶ。個展は成功すると僕は確信している。僕はヒムード・ブラヒミ――みんなモモと呼ぶが――をとても気に入っている。モモはフランス語とアラビア語そしてカビリア語を完璧に話す。しかも機知に富んでいる。彼はいつか偉大な作家か偉大な詩人、あるいは偉大な何者かになるだろう。

一九三七年九月二十九日

『エコー・ダルジェ』紙に広告。糸杉販売と、一人暮らしの婦人の出した下宿人募集の小さな広告に挟まれた短い二行――「古典・探偵小説の古書販売。《真の富》書店、シャラ通り二の二」。この広告を見たみんながそれについて僕に話す。僕はこの三つの広告を結びつけようとしてみる。僕が糸杉を買って、孤独を感じている婦人にプレゼントしたら？もしかして婦人は探偵小説を持っているかしら？　もしかして彼女は美人かな？　たぶん肌はなめらかだろうな？　僕は何を考えてるんだろう。

一九三七年十二月二十二日

本の貸出し会員登録は順調に増えている。月々わずかな料金で書物を借りられるこの方式は多くの学生に人気がある。販売のほうはどうかといえば、けっして万々歳とは言えないが、よくがんばっている。朝、店に着くと、入口の小さな階段の前に立って、自分のものであるこの場所をうっとりと眺める。時としてあまりに長いあいだそこを動かずにいるので、近所のカフェのボーイがそれを見て心配して、だいじょうぶかと声をかけてくる始末。ああ、だいじょうぶだよ。本はアルファベット順に並べられているし、絵画はすぐその上に吊り下げられている。ここでは、ただ文学と美術と友情だけが市民権を得ているのだ。

一九三七年十二月二十八日
エマニュエル・ロブレスと知り合いになった。スペイン出身の家系だが、オラン生まれの若者だ。目下アルジェ軍管区で兵役を務めている。忍耐強く、ひかえめな男で、彼とのおしゃべりは楽しい。彼は近々自分の本が出版されると告げた。ぜひ読みたい。

一九三八年二月十五日
今日は僕の二十三歳の誕生日だ。この記念日の夜を机の前で過ごした。請求書を整理したり、これこれの本を注文したいという客からの手紙を読んだり、封筒や小包を用意したり、不要な雑誌やチラシを捨てたり、さまざまな用紙に記入したり。うんざりだ。僕の小さな机にこういうものがあふれかえっている。どれもなおざりにはできないが、それでもこの仕事の核心である文学に割ける時間がどんどん少なくなっている。

一九三八年二月二十七日
毎週のように、本や絵の配置を換えようかと悩む。だが店はあまりに狭いので、そうする余地がない。

一九三八年二月二十八日
グルニエの本『サンタ・クルス、その他のアフリカの風景』について雑誌『南部手帖（カイエ・デュ・スュド）』にガブリエル・オーディジョが良い記事を書いてくれた。僕はそこの社長、ジャン・バラールと一、二年前アルジェで知りあった。酷暑の中、バラールはチェックのオーバーを脱ごうとしなかった。驚くべき人物だ。僕と反対にすごい儲け主義者！　そのとき、彼は僕に企業を回る広告取りをさせようとした。広告を必要としている自分の雑誌のためだ。そのとき僕はみじめに失敗した。祖父とは対照的に、僕にはあまり事業の才能はない。

一九三八年三月四日
クストン夫人が中二階の部屋で泣いていた。子供を抱えて経済的にやっていけないので、ちゃんとした仕事を見つけなければならないと告白した。夫人は冒険を放棄する。

一九三八年三月十九日
具合が悪い。流感にやられた。あいにくベッドから出られない。それでもなんとか原稿を読めるようになる。マノンが僕の世話をしてくれる。美しいマノンはごく最近、僕の世界に入りこんできたが、もう彼女なしでは過ごしたくない。

一九三八年四月二十日
熱心すぎて、あまりに多くのアイデアが湧き出し、それが僕の親しい人たちを消耗させる。計画は際限なく出てくるが、ブレーキをかけざるを得ない。きわめて限られた資力が僕を現実に引きもどす。

一九三八年四月二十三日
内気な学生たちが、自分で僕のところに手書きの原稿を持ってくる。念のために写しをとって。

一九三八年五月十七日
アルジェに立ちよったガブリエル・オーディジョと昼食。出版と文学について長々と話しあう。僕は首尾一貫性を求めず、何よりも自分の好きな本を、そしてもっぱら出版界と読者に対して擁護できると思われる本を出版すると彼に言った。この誓いは極端なものに違いない。自分の仕事をそう理解している。作家は書かなければならないし、出版者は本に生命を与えなければならない。この考えに限界があるとは思わない。文学というものはあまりに重要だから己の時間をすべて捧げないわけにはいかない。

一九三八年五月二十五日
リス＝デュ＝パルク通りに引っ越し。実家を離れた！

一九三八年六月七日
新たに創刊する予定の雑誌『岸辺（リヴァージュ）』についてカミュ、オーディジョと相談。刊行は隔月にする。それは新しい作家たちについて論じる場になるだろう。予定している企画――来年はスペイン作家、フェデリコ・ガルシア・ロルカの特集号を出す。反共和国軍の兵士に殺されたこの並外れた詩人へのオマージュだ。なんと彼の著書はグラナダのカルメン広場で焼かれたのだ。きのどくな男！
第一号は年末刊行予定。

一九三八年七月十一日
オランとコンスタンティーヌへの数回の旅行のあと、アルジェに戻る。この国の東端から西端まで旅したことになる。あいにく国境を越えてチュニスに行く時間も予算もなかったが、そうでなければ僕がその仕事に感嘆しているアルマン・ギベールにぜひ挨拶したかった。ギベールは彼のかなりユニークな雑誌『バルバリーの手帖』で成功を収めたと思う。

一九三八年七月十三日

いくらかの貯えができ、収支のバランスを取れるようになったが、全体としてはまだ不安定で、倒産のおそれは絶えずある。

一九三八年七月十五日

アルマン・ギベールへ手紙を書く。「あなたのお原稿をいただけないでしょうか。エセーでも詩でもご随意に。さしつかえなければ、〈地中海双書〉にぜひともあなたの作品を収録させていただきたいのです。もちろん印刷部数四百五十部のうち各新聞雑誌用への贈呈と、著者贈呈二十五部はあなたが自由に使用できますし、原稿の権利は完全にあなたに帰属します。刊行は十一月あるいは十二月になると思います」

一九三八年七月十八日

母方の祖父ジョゼフこと、ジャン・サルヴァトール・ヌンツィアート・ジョルジュ・グリマが八十二歳で死去。彼が亡くなり、僕はまた少しだけ身寄りのない人間になった気がする。

一九三八年九月十九日

『本の友新聞（ガゼット・デザミ・デ・リーヴル）』第二号を読んだあと、アドリアンヌ・モニエに手紙を書いた。彼女の書店について僕がすばらしいと思う点をすべて伝え、彼女が僕やアルジェの友人たちに与えた影響についても伝えるために。だが、彼女がまちがいなく興味を持ちそうな三面記事的出来事についても書いた――あまり良心的とは言えない書店が起こした汚い詐欺事件。その書店は亡くなった人たちの名前を新聞の死亡広告で見つけ、彼らに法外な値段の本を送りつけて、家族に支払いを要求した。ひどい事件だ！

うちの書店のレターヘッド入りのきれいな便箋（びんせん）についての話もすべて書く。ひょっとして《真の富》という店名は大風呂敷にすぎるだろうか？　フレマンヴィルとカミュの意見を聞いてみよう。

一九三八年十一月三日

《真の富》書店は誕生日を祝う！　僕らは初めの二年間を生きのびた。次の二十年も生きのびるだろう！　シャルロ出版の在庫を眺めると誇らしい。収支決算をすると、誇らしさはぐっとしぼむ。この仕事のせいでマノンをほったらかしにせざるを得ない。家族も、友達も……僕の毎日は原稿読み、帳簿づけ、仕事相手とのたびたびの昼食や夕食、印刷所への立ち寄り、経営上の無数の務めなどに割かれる。これらすべてが僕をへとへとにさせると同時に楽しくさせる。

一九三八年十二月十七日
今日もまた、最近の文学賞にしか関心のない客たち。彼らを新しい作家に親しませようと試み、カミュの『裏と表』を買う気にさせようとするが、まったく興味を持たない。こちらが文学の話をすると、向こうは流行作家の話で答える。

一九三八年十二月二十八日
仕事は簡単ではないが、人の組織網が生まれ、友情もそこから生じる。カミュはしょっちゅう書店に手伝いに来てくれる。会員契約カードの空欄を埋め、何フランか持っているときは本を買い、そうでなければ借りていく。戸口の階段か小さな中二階に座って、書くか、読書するか、僕のために原稿に手を入れてくれている。ここは彼の家のようなものだ。

きのうカミュに、彼の処女作『裏と表』初版三百五十部の最後の一部を売り切ったことを伝えた。

一九三九年一月十八日
グラッセ出版から奇妙な手紙を受け取る。彼らが出したライナー・マリア・リルケの『若き詩人への手紙』をうちの書店だけで数百部売ったことを不思議がっている。彼らはこの名も知れぬ店について聞いたこともなかったのだ。

一九三九年一月三十一日
『結婚』という美しい表題のついたカミュの原稿を読む。ここには人がアルジェリアで体験することのすべてがある。すごく感動し、興奮した。彼とその話をするとしたら、僕とアルベールのあいだにある奇妙な遠慮のせいで、この感激を抑えなくてはならないだろう。五月にこれを、大部数で出すつもりだ。初版千二百二十五部。

一九三九年二月九日
友人のマックス＝ポル・フーシェが店の戸閉まりを手伝ってくれて、二人でおきまりのアニゼットを飲みに行った。フーシェは、第一次大戦の前線で負傷したドイツ兵を助けようとして毒ガスにやられた自分の父親の話をした。十年後、父親は死の床でフーシェに約束させた。常に「ドイツ人に和解の手を差しのべる」ことを。そんな話をしているとき、ウェイトレスがやって来たが、マックス＝ポルは彼女に向かって朗々と自分の詩を暗唱して聞かせた。若い娘の頬は喜びでバラ色に染まった。わが友の情熱と巧みな朗唱と教養にうっとりとしていた。こんな彼を見るのは楽しい。二枚目で、魅惑的だ。彼はシモーヌ・イエの不実から立ち直った。イエはカミュと結婚するためにマックス＝ポルを捨て、今度はカミュを裏切った。女たちにまつわる物語は友情の傷だ。だが、彼女たちなしでは、ああ、彼女たちなしでは……すべてが不可能だ！

一九三九年三月十七日

マックス＝ポル・フーシェはシャルル・オートランの雑誌『ミトラ』に加わり、雑誌名をイギリス作家チャールズ・モーガンの小説からとった『泉』に変える。マックス＝ポルは僕に出版を引き受けてくれと頼む。『ミトラ』からの継続という形をとって第三号からスタートさせる。

一九三九年五月七日
日曜日、アルジェの丘の上の住宅街にあるイドラ公園をジャン・グルニエと散歩する。僕は幸せだ。

一九三九年七月二十二日
きのう、マックス＝ポル・フーシェ、エマニュエル・ロブレスと一夕長いおしゃべり。僕は二人に打ち明けた。「僕は書店と出版社を分けて考えたことは一度もない。一度もね。僕にとって二つは同じものだ。書店をやったことがなくて、あるいは書店をやっていないのに、同時に出版者でいられるとはどうしても思えない」。そんなことならカテキュ入りドロップでも売るほうがましだ。それについてよく考えてみると、これはマトリョーシカ人形のようなものだと思う。《真の富》書店、出版社、書物、絵画、友人……それは同じ一つのものだ。

一九三九年九月
軍隊に召集された。書店の経営をマノンと、関わりたいと思っているすべての友人たちに委ねる。

一九三九年十月

『エコー・ダルジェ』紙に広告を載せた。短い二行──《真の富》書店、シャラ通り、二の二、書物貸出し会員募集。十七時から十九時。

第三章

　リヤドは机の上の郵便物を選り分ける。赤いシールを見つけ、くっつけて幾何学模様を作って気を紛らわす。絵葉書の束をゴミ箱に入れる。そのうちの多くはモノクロームで、すごく古いもののようだ。うち一枚に一九五〇年の日付を見てためらうが、けっきょくほかのものといっしょにする。何枚かの請求書と、さまざまなイベントへの招待状もある――オープニングパーティー、詩の朗読会、映画の試写会。映画の一本は独立直後のアルジェリアの数年間を描いたものだ。リヤドはそれをパリでクレールといっしょに観たことがある。バスティーユの界隈だった。二人は映画館の最後部の席に座った。上映中にリヤドはクレールの耳にいろいろとささやいた。とるに足りないこと、二人の心を結ぶ橋、沈黙をやぶるためだけのおしゃべり。クレールはスクリーンに見えているものに集中していて、返事をしなかった。リヤドは彼女をその白と黒の映像の中にいるがままにしておいた、その過去の物語の中に。そしてようやく館内の明かりがついた。そこには赤ん坊のようなピンクの肌と羊毛みたいな白い髭の老人たちが目立った。泣いている人もいれば、怒っているように見える者もいる。リヤドは急いでクレールの腕をつかみ、外に引っぱっていった。彼女は登場人物たちの悲劇的な運命のことを話した。「アルジェリアではいつも、あらゆることが悲劇だ」とリヤドは答えた。クレールはそれをユーモアととって笑った。二人はもう人けのなくなったパリの街を歩いた。

リヤドはここの本すべてにひどく悩まされている。同じページの同じ行にぴったりとくっついて並んでいる言葉が好きじゃない。それは頭を混乱させる。白い紙の上に印刷された黒い文字を眺めると、ダニを連想する。リヤドの母はダニをひどく怖がって、朝から晩まで家をジャベル水で掃除している。出版社や印刷所の連中はそもそもそのことについて考えているだろうか？　彼らはダニの危険を知っているんだろうか？　少なくとも気にかけてはいるんだろうか？　そして読者は、自分たちの手のあいだに置かれているものが何か自覚しているのか？　彼らは貪るように本を読み、そのあと薬局に行って、赤いぶつぶつができた、呼吸困難だ、発疹だ、掻き傷だ、と訴える。そしてもし、運悪く薬剤師が読書をやめろと強く勧めたりしたら、彼らは激怒する。

黄昏どき。リヤドは電灯をつける。午後はずっと本に集中して過ごした。本が自分の上に落ちてくるのを想像する。クレールがギベール何とかという作家の話をしたことがある。この男はタルヌ県にある自分の家の書斎で、脚立に乗って一冊の本を取りだそうとしてよろめいた。棚板につかまろうとしたが、いっしょに落ちた。家人が本に埋もれて死んでいる作家を見つけたという。濡れた窓ガラス越しに、リヤドにはいつもどおり歩道に立っているアブダラーが見える。アブダラーの顔は激しい痛みの表情を浮かべて、時おり引きつる。

若者はふたたび仕事に戻る。机の上にあるものをすべて大きなゴミ袋にぶちこむ。郵便物、招待状、古くて汚いカップ、鋏(はさみ)、フェルトペン、ホッチキス、糊のチューブ、さらにはコードを切った赤い電話機まで。そのあと、下の段から始めて書棚の本を取り除けていく。作業はゆっくりと、そしてきちんとしている。リヤドは写真の中で動かずにいるエドモン・シャルロに目をやらずにはいられない。たぶんここに飾られている作家たちのモノクロ写真のせいだろう、監視されているような、奇妙で嫌な感じがする。すぐにもそれらの写真を取り外したいのだが、けっきょくそのまま残す。

本たちは今や、色鮮やかな記念碑のように床の上に建っている。薄い本、厚い本、豪華本、挿絵入りの本、安いポケットブック、古典、古い革装の本。リヤドは何冊かの表題を読む――『結婚』アルベール・カミュ、『日々の円環』ジャン・ジオノ、『町の高み』エマニュエル・ロブレス、『王のダンス』モハメド・ディブ、『大地と血』ムルード・フェラーン、『報復の連鎖』カテブ・ヤシーヌ……。リヤドがちょっと手荒く置いた一冊の本から、三つにたたまれたチラシが飛び出す。彼はざっと目を通す。

エドモン・シャルロの旧書店《真の富》。申し込み方法――入会には二枚の写真を含む書類一式が必要。学生証あるいは労働証明書、電気料金受領書あるいは居住証明書、身分証明書のコピー、登録料三百ディナール。読者は貸出し期間十五日間で二冊の本を借りることができる。要望があれば延長可能。営業時間――土曜から木曜の八時三〇分―一六時三〇分。

本の渡し守、エドモン・シャルロの経歴――書店主、出版者。カミュの最初の作品数点、ロワ、フーシエ、ケッセル、ロブレス、ジッド、ガルシア・ロルカ等を出版。占領中自由フランスの出版者。一九三六年五月、エドモン・シャルロは自分のイニシャル*e*・*c*を使って『アストゥリアスの反乱』を出版。カミュの筋書きをもとに集団で書かれた戯曲であり、アルジェ市当局により上演が禁止された。エドモン・シャルロはその年の十一月三日、ジオノから彼の本の表題を書店名に使う許可を得て開店、一九三九年九月、ブリダで応召し、十か月間、書店経営から離れる。その後四〇年に復帰。以後、バルベルッス刑務所に入ったり、シュレフの近くに軟禁されたりする。六一年にはプラスティック爆弾で彼のもう一つの書店が爆破され、記録資料が損害を被る。六二年にアルジェリアを離れ、パリに。アルジェに戻り、トルコ、モロッコ……モンペリエ近くのペズナで書店を創業、視力を失い、二〇〇四年死去。

リヤドはエドモン・シャルロの顔がおもてに見えるようにして、チラシでボールを作る。大きく広げたゴミ袋を狙い、「ビュ――」と声を上げて投げる。ある棚の最上段に領収書がぎっしり挟まった大きな赤いバインダーを見つけるが、これもゴミ袋行きになる。

宵闇が通りを覆いはじめる。白いシーツだけが歩道の老人の存在を示している。ほとんど現実離れした冷たい染み。リヤドは空腹をおぼえる。外に出ると風が激しく顔を叩く。疲労のあまりため息をついてから、隣のピザ店に向かう。壁は脂(あぶら)で光っている。壁の一つの面にサッカーチームの写真が貼られている。ムーサは一人で注文を聞き、ピザを用意し、給仕し、代金を受け取っている。彼は染み一つない青い上っ張りを着ている。三つのポケットはレシートでいっぱいだ。ここには四角いピザを立ち食いする男たちしかいない。大口を開け、欠けて詰め物をした黄ばんだ歯を見せて、焼けた生地とトマトと大量生産のチーズを噛む。

ドイツ、一九四〇年

ナチの新聞記者たちがフランス軍に占領されている北アフリカ諸国の状況についての記事を掲載する。ドイツのラジオもまた、アラビア語の放送を流しはじめる。フランスに対して武器を取るように呼びかけるベルリンからのアナウンサーの声を聴いて、われわれは面食らう。真夜中にドイツ兵たちがアルジェリアの辺鄙(へんぴ)な村々に落下傘降下したという話だ。兵士たちは罐詰を運んでくるし、子供たちにチョコレートを与える。彼らは、フランスを国外に追い出すことを約束するヒトラーの軍隊に加わるようみなを説得するためにそこに来ている。ドイツのおかげでわれわれの子供たちはみな教育を受け、アルジェリアはふたたびイスラムの土地になるだろう、と彼らは保証する。何年かあとになって、その村々でドイツ軍の自動小銃何丁かと鉄カブトが一個見つかる。われわれの祖父母たちは肩をすくめる。「ここに落下傘で降りた若いドイツ兵を見つけた……あの男は私らに食料を持ってきてくれた。それで彼をかくまった」

しかし、フランスは自分たちの軍隊に原住民を必要としている。「勝利の日に、母国フランスは北アフリカの子供たちに負っているあらゆる恩義を忘れていないだろう」。われわれは、靴磨きをしたり、小さな店で商売をやったり、小さな土地で作った野菜を売ったり、山羊や羊の番人をしている。われわれはまだ成人に達していない。そして、われわれはほんとうに子供だったことは一度もない。われわれはヨーロッパが大きらいだ。そこの工場に飲みこまれた父親たちが、耐乏生活と重労働でくたくたになって帰ってくるのを見ているから。われわれは軍隊に入る。制服を支給され、大演説を聞かされる。われわれは少しフランス人になるが、ほんとうのフランス人ではない。なによりも原住民歩兵であり、砲火にさらされる一兵卒だ。べつにその一員ではない国のために戦うことを押しつけられる。「愛国」、「勇気」、「名誉」といった言葉を繰りかえし言われつづける。しかし実際には、前線でわれわれが考えることといったら、飢え、寒さ、この戦争を理解できないということ、そして、コーランの唱句を捧げて急ごしらえの経帷子(きょうかたびら)で覆ってやる死者たちのこと。われわれは万が一、戦死者の未亡人や母親や子供に会うときに備えて、死亡日時、場所、状況まで記憶に刻みこむ。われわれはすべての神にあらゆる言語で祈る。われわれは国のために戦う。まるでそれが自分たちの国であるかのように。たばこが見つかればみんなでいっしょに吸い、二つの突撃の合間にドミノで遊ぶ。捕虜になり、収容所に入れられ、拷問されるか、処刑される。われわれのうちで飢えや爆弾や収容所を生き抜く者たちはみな、アルジェリアの貧困の中に妻や子供を残してきており、夜になると繰りかえし熱心にとなえる。「勝利の日に、母国フランスは北アフリカの子供たちに負っているあらゆる恩義を忘れていないだろう」

エドモン・シャルロの手帳
アルジェ、一九四〇年――一九四四年

一九四〇年六月三十日
空軍大尉ジュール・ロワとの出会い。熱血漢で短気で、面食らうほどの率直さ。大変な読書家だ。

一九四〇年七月十日
復員！　生活をこの手に取りもどすことができる。この最悪の戦争のせいで何かを組織することが困難になっている。カミュはオート＝ロワールに住んでいて、原稿の受け渡しはむずかしい。

一九四〇年九月三日
四か月近く前から用紙が供給されない。

一九四〇年九月二十二日
真夜中。飛行機の音が聞こえる。長く苦労したガルシア・ロルカの『プロローグ』の刊行にほっとしている。本はあまり良い出来とは言えないだろう。紙、活字、レイアウトなどの選択……この混乱の時代にすべてが忘れられてしまう。供給の問題が何より優先されるのだ。人々はできるだけのことをやってくれる。もちろん寛大にも僕らに売ってくれる紙についてもそうだ。

一九四〇年十月三十日
僕らが「アナスタシー」と呼んでいる検閲官とその大きな鋏が、フェデリコ・ガルシア・ロルカを特集した『岸辺』第三号につかみかかった。連中は僕の家に来てその号を一冊残らず破棄した。このオマージュはなんの痕跡もとどめないだろう。だが、僕らは勝負をあきらめない。

一九四〇年十一月十九日
書店にはほとんど一冊の本もない。紙を手に入れるために、僕は策を弄し、懇願し、わめかなければならない。うちに忠実なお客は店に来つづけて、そこにあるものを手に取ってくれる。しかし大した本はないのだ。

一九四〇年十二月七日
エマニュエル・ロブレスを安心させるために、彼の『楽園の谷』は、多少の遅れはあるにしてもちゃんと刊行すると手紙を書いた。「待ちつづけるしかありません。アナスタシーは最後まで仕事を続けるでしょう」。僕はもう新聞記者や読者に向けて刊行日を発表し、広告活動を始めている。

一九四一年一月三日
エマニュエルはやはりすごく心配している。彼に説明しなければならない。その下書き——「あなたの『谷』には心配の種が多いのです。印刷所の次は紙屋です。僕はほんとうにいらだっています。そしていちばん重大なのはすでに注文を受けていることです。近刊予告が出されているのですから」。まったく、本てやつは！

一九四一年三月十日

カミュが大きな塊のような小包を送ってきた。三つの原稿が一体をなしている――『異邦人』、『シジュフォスの神話』、そして『カリギュラ』が、〈不条理〉という表題の下に集められているのだ。驚くべき仕事だ。これまで彼が僕に読んで聞かせたものより一段高い水準の原稿のように思える。これがうちで本にできれば嬉しいが、現状では不可能だ――もっと多くの用紙、もっと多くの仮綴じ用の糸、もっと多くの印刷所、そして結局のところ……カミュにはうちより大きな資力をもつパリの出版社が必要だ。

一九四一年三月十三日

カミュに、原稿はうちでは出版できないだろうと知らせ、ガリマールに問い合わせるよう勧めた。この占領、これはまるで僕らの頭を水に押しこむ手のようなもの、終わりのない冬のようなものだ。どうすれば終わるのか？

一九四一年三月十九日

僕の弟ピエールとアルベールの兄リュシアン・カミュが《真の富》書店のメンバーに加

わる。二人のおかげで管理運営の重要な一部から放免される。僕にとって大きな助けだ。

一九四一年六月七日

『谷』の校正刷りをロブレスに送る準備がようやく整った。彼に、読み終わったあとは直接カミュに校正を送ってくれるよう書き添えた。カミュはこの本の出版に関わってくれている。ひと安心だ。

一九四一年八月一日

ロブレスの小説よりもっと遅れているもの。『戦時中に出版に成功する法』、これこそいま書かれなければいけない本だ。

一九四一年九月十二日

ついにやった！　きょうロブレスの『楽園の谷』が書店に届いた。嬉しい。

一九四一年十二月十四日

あらゆる面で厄介な年が終わるが、素晴らしい計画が準備中だ。マックス＝ポル・フーシェは《真の富》書店にますます意欲的だ。僕たち二人はアメリカ人作家ガートルード・スタインの『パリ、フランス』という作品の出版に取りかかっている。スタインはこの中で、自分のパリでの幼年時代についての不思議な逸話を（ユーモアたっぷりの、すごく詩的な言い回しで）語っている。

一九四二年二月四日
ジュール・ロワの『パイロットのための三つの祈り』を刊行。初版六百十五部。ノンブルをつけていない二十ページちょっとという薄い本だ。ざらざらした粗悪な紙しか手に入らなかったが、誠実な仕事をしてくれるルネ＝ジャン・クロが口絵用にジュールの良い肖像画を描いてくれた。

一九四二年三月十七日
刑務所から出たばかりだ。ブタ箱にひと月！　イギリスのラジオの対談でよかれと思ってこう言ってくれたガートルード・スタインのおかげだ。「私には、アルジェに一人、とても精力的で反抗精神に富んだ編集者がいます……」。ヴィシー政府は前から僕に目をつけていた。スタインの本の印刷から三日後、警察が夜明けに僕を探しに来た。

警官は満足げに朗々と読み上げた。「我々に委ねられた権限により、ド・ゴール派および、共産主義に同調している容疑でシャルロ氏を拘束する」。次いで彼らは長々と僕を尋問し、アルベールはどこにいるかと問い詰めた。「アルベール？　ああ、でも僕は優に一ダースくらいのアルベールと知りあいですよ。たとえば誰よりもうまく靴底を応急修理してくれる靴直しのアルベール。それからもう一人のアルベールは郵便配達人の息子で、アルコールの問題を抱えているが、すごくいい男ですよ」。とぼけるのはやめて、アルベール・カミュの居所を言え、と彼らは迫った。「ああ！　アルベール・カミュね！　彼がどこにいるかは知らないんですよ、皆さん。ほんとうに知らないんです」

警察は僕を連行し、バルベルッス刑務所に閉じこめ、その後オルレアンヴィルの近くのシャロンに送って軟禁した。刑務所にいるとき、カスバの職人に出会った。その男はある金庫破りにちょっと似ているという理由で逮捕されたのだ。いつかそれについて書くこと。

カミュはオランにうまくかくまわれている。マックス＝ポル・フーシェも同じく行方を探索されているが、アメリカ領事館に潜んでいる。僕は優れたジャーナリストであるマルセル・ソヴァージュの取り成しのおかげで解放された。マルセルはチュニスのホテルの支配人をやっていたが、いまは雑誌『チュニジア—アルジェリア—モロッコ』の編集主幹を務めている。彼が内務大臣をうまく説得してくれたのだ。この不幸な出来事のせいでガートルード・スタインの作品の刊行は遅れたが、書店はマノンと友人たちの力で営業し続けている。僕はかつてないほどに確信している、シャルロ出版は友情なしには存在できないことを。大事なのは、幸運な偶然と、友情と、出会いだ。

一九四二年四月一日

戦争はその通り道にあるものすべてをめちゃめちゃにする。もう用紙もインクも見つからない。僕の最後の試みはみじめなものに終わった。もう綴じ糸がないためクリップでとめ、うす汚れた色で細かい穴の開いた、肉屋の包み紙みたいな用紙で作った本。

一九四二年四月六日

マックス゠ポル・フーシェと一日中見習い化学者ごっこをやって過ごす。僕らは闇市に行き、あまりに高くてマノンには話す勇気が出ない値段でグレープシードオイルを買ってきた。二人で台所に閉じこもり、長い時間をかけて、オイルに煙突のすすと靴墨をまぜあわせた。二人が大鍋の上にかがみこんでいる姿は傍から見たら滑稽なものだったろう。できたインクは黄色っぽく、黒ずんで、汚らしい。そしてその臭いときたら！　僕はいまだかつてこれほどおぞましい臭いを嗅いだことはない。

一九四二年四月十七日
もっと紙を、もっと綴じ糸を、もっとインクを。もう何もない。なんでもいいから出版すべきもの、印刷すべきもの、編纂すべきものを求めて街をうろつく。木の葉から？　地面から？　泥から？　もう何をしたらいいかわからない。

一九四二年五月十八日
警察が《真の富》に立ちよった。紙を手に入れたいなら、まず原稿を検閲委員会に提出しなければならないことを僕に思い出させるために。汚い奴らだ！

一九四二年五月二十二日
古書及び新刊書高価買取（初版本、稀覯本、美装本、挿絵入り本）の広告を新聞に出した。印刷ができなければ売るために本を再利用する必要がある。

一九四二年六月六日
フレデリック誕生。初めての子供。心底嬉しい。マノンは少しずつ回復している。

一九四二年六月十五日
ジュール・ロワに手紙で、彼の『空と大地』の原稿を用紙割当て委員会に送る必要があると知らせる。委員会は原稿を読んで、どんな形の出版が可能か判断を下す。

一九四二年七月二日
うちが使っている印刷者エマニュエル・アンドレオを訪ねる。彼は最善を尽くしているが、結果は悲惨だ。エマニュエルは僕に警告した。「おたくの本は保ちませんよ。われわれがいま使っているインクは紙の両面を腐食させる……」。紙を駄目にする上に、そのインクはいがらっぽく、しつこい臭いを残す。だが僕にどんな選択肢がある？　ここには、リールの終わりのビフテキと呼ばれる穴だらけの紙しかない。そこにはフランスの出版業界のひどく哀れな状況が象徴的に表われている。たぶんある日、シャルロ出版という商標のあるこれらの本を誰かが買って、電灯をつけ、身をかがめると、そこには臭い穴の開いた白紙のページがあるだけ。

一九四二年九月五日

アシェット社に連絡を取ったが、鼻で嘲笑われた——もう在庫はゼロだと。本のない配本会社なんて聞いたことがない。詳しく説明するのは難しい。やれることはやった。絶望的だ。うちの棚はほとんど空だ。このたとえようのない辛さ……何か原稿を本にするためにはいっそうの創意工夫が要る。本が市場に出ると、ほとんどあっという間になくなるが、僕の手元にはもう出版すべきものがほとんど何もない。どうやって生き延びればいいのか？

一九四二年九月十一日

書店の棚は常に空っぽ。友人やら知らない客がおしゃべりに寄ることがあるから、店は毎日開ける。ついにここまで来た——本のない《真の富》書店。

一九四二年十一月八日

マックス＝ポル・フーシェがぜひにと誘うので、彼の家で開かれたパーティに行った。ずっと黒い外套を着たままでいる僕は、さぞ暗い様子に見えただろう。客は大勢いた。ルネ＝ジャン・クロとフレデリック・ジャック・タンプルに出会えたのは嬉しかった。タンプルは夏の初めに兵士としてアルジェリアに来た若者で、ものを書くことを愛し、美しい詩が大好きだ。ユダヤ人のシャンソニエでアルジェに亡命しているアニエス・カプリも出席していた。パーティはヒリヒリするような雰囲気で、そこにいるみんなが、夜遅く起きる何かを、それとなくほのめかしていた。僕が家に帰ったのは朝の四時。その一時間後、アメリカ軍が上陸した！　マックス＝ポルは僕らが逮捕されるのではないかと心配し、皆を守るために集めたのだ。

僕らはヴィシー政府から逃れて、アルジェは自由フランスの首都になるのだ！

一九四二年十一月十二日

問い合わせと注文に押しつぶされそうだ。用紙がふたたび流通する。

一九四二年十一月二十一日

カミュが、静養しているシャンボン＝シュル＝リニョンから動けない。船でアルジェリアに帰るはずだったが、アメリカ軍上陸が彼の不意をついた。妻のフランシーヌは先に帰国していたが、カミュが財政的に厄介なことになっていると僕に打ち明けた。残念だが、二国間の断絶のせいで、僕にはフランスにいる彼に金を送り届ける手段が見つからない。

一九四二年十二月二日

僕は新たに招集され、宣伝(プロパガンダ)の任務を帯びた海軍大将バルジョの助手として臨時政府に加わる。今後は情報省で出版部を指揮する。われわれは〈フランスの出版社〉を創設する計画を立てている。招集された一人の若者に、なぜものを書かないのか、そんなに文学を愛しているあなたが、と訊かれた。こう答える勇気がなかった。書き物は僕を退屈させる、と。僕は出版を、本を集めることを、発見させることを、芸術による絆を生み出すことを愛している！

一九四二年十二月十一日

スーポーと夕食を共にして、彼のチュニジア自転車旅行の話を聞いた。スーポーはドイツ軍のチュニス侵攻の前日にそこを出るのに成功した。それからジッドを探すために軍用機で戻ったのだ。この邂逅はうれしかった。僕らはいっしょに始められそうな双書について長々と話しあった。五つの大陸に向けて五つの言語で出版されるポケット版の本だ。大それた計画（特にいまのご時勢では）だが、ぜひとも必要なものだ。

一九四二年十二月十七日

兵営に閉じこもっている動員の時間と、多くの人たちに会うわずかな自由時間のあいだで、僕はかなり風変わりな生活を送っている。アメリカ軍の上陸以後、いたるところから作家や画家、男たちや女たちがアルジェにやってくる。おかしな時代だ。

一九四三年三月五日

ジッド、サン＝テグジュペリと夕食。今後は二人ともアルジェに落ち着く。サン＝テグジュペリは意気消沈しているように見えた。アメリカ軍が彼の飛行を拒否したからだ。会食を台無しにしないために、彼は自分の欲求不満をなるべく表に出さないようにして、ジッドとチェスでいい勝負をした。カード手品や奇術で晩餐を活気づけもした。サン＝テグジュペリはアメリカで出版された彼の本、『星の王子さま』を一冊だけ持ってきていた。貸してほしいと頼んだが断わられ、彼の横で眺めることだけが許された。とても美しい版で、挿絵の印刷は見事だ。この本をここアルジェの、僕のところで出版させてくれるようアントワーヌを説得しようとした。大成功すると確信したからだが、彼は首を縦にふらなかった。こちらでの版はアメリカほどきれいにできないのではないかと懸念しているのだ。それは正しい。僕にはこの種の仕事をやりとげるのに必要な手段がない。

帰る前に、ジッドは僕をわきへ呼んで、フランス精神を世界に普及させることのできる新しい雑誌についての自分のプランを話した。彼は『新フランス評論（ラ・ヌーヴェル・ルヴュ・フランセーズ）（ＮＲＦ）』誌がドリュ・ラ・ロシエルを通じてドイツの支配下に置かれることを恐れているのだ。たとえ編集にあたるジャン・ポーランがガストン・ガリマールの支援を受けて極力警戒を怠らないにしてもだ。ジッドは既に新雑誌のことを若いジャン・アムルシュに話したが、アムルシュはすごく夢中になり、すぐにアルジェに居をかまえるつもりだという。僕はギベールが送ってくれたアムルシュの詩がいかにすぐれたものかをジッドに伝えた。ジャンは奇妙な人物だ——アルジェリア生まれでカビリア出身のキリスト教徒のフランス人、チュニスで文学を教えている。僕らはいっしょに何かとてもすばらしいことができるだろう。

一九四三年四月三日

臨時政府といっしょに多くの移動。幸い友人たちとマノンがいて、《真の富》を引き受けてくれている。夜は原稿読み、そしてジッド、アムルシュといっしょに新雑誌について相談。いい雑誌名が見つかる。『方舟（アルシュ）』になるだろう。

一九四三年五月二十日

たった今、ドリュのＮＲＦ辞職の報を聞く。『方舟』は終戦後のフランスの重要な雑誌になる好位置を確保した。

一九四三年六月十二日
たくさんのフランス作家が我が出版社と契約する。うちの目録がこれほど充実したことはかつてない――ベルナノス、常に誠実なジオノ、ボスコ。僕はまた、外国作家も出版する――ジェーン・オースティン、モラヴィア、シローネ、ヴァージニア・ウルフ。

一九四三年六月二十七日
総督がムスリムに途方もない約束をする。入植者の名家の人々は激怒している。もしかしたら、終戦後、僕らはより公平な国を手に入れるのだろうか。

一九四三年六月三十日
一晩中ジッドの未発表作品『……のゆえに』を読む。この原稿にすっかり魅了されたので、彼に二〇パーセントの印税を提示した。ジッドは断わった。彼曰く、みなと同じく一〇パーセントでいい、ただとにかく契約書に署名はしない、それは自分の流儀ではないから。僕は一五パーセント払うつもりだ。

一九四三年七月十一日

パイロットの友人たちの力を借りて、うちの本をレバノンやエジプトや南アメリカに頒布する。任務で飛び立つ前に、彼らは《真の富》に立ち寄り、本の包みを渡されて、それから現地の書店にそれを売る。僕は国際的な出版者だ！

今はポルトガルに住んでいるアルマン・ギベールからも、たくさんの手紙をもらう。アルマンは、なんとしてもフェルナンド・ペソアを翻訳してフランスに紹介しなければならない、と書いている。もちろんアルマンは例によって非難で締めくくる。「君は僕を忘れる、僕のことをもう考えない……」アルマンの大量の、そして長文の手紙は僕に多大な時間をとらせるが、それでも僕は彼が大好きだ。僕の返事がちょっと遅いと、彼は気を悪くして、不満の言葉を浴びせる。この男には独特の習慣がある——封筒に美しい切手を貼るよう、文通相手に要求するのだ。

一九四三年九月二十七日

アムルシュは情報委員に『方舟』刊行の認可を申請する。さらに、必要な用紙割当て量の月ごとの支給と、雑誌の発刊に際しての特別補助金二万五千フランも。

一九四三年十月七日

フレデリック・ジャック・タンプルが僕に十二編の詩を託した。こちらは彼に、自分用に持っていたカミュの『結婚』を一部贈った。フレデリックは今まさに、ジュアン将軍麾下(きか)のフランス派遣軍に従ってイタリアへ出発しようとしていて、このカミュの本を持っていく。フレデリックの詩の原稿は大切に預かる。彼はこれによっていつかひとかどの詩人になるに違いない。詩はきわめて美しく、読まれるに値するものだから。彼は前線から手紙を書くと約束してくれた。

一九四三年十月十九日

ロンドンからの外交小荷物で僕宛に小包が届いていると知らされた。開けてみると、それは『海の沈黙』と題された文章の写真版で、「すぐにこれを翻刻されたし」という鉛筆書きのメモがついている。ヴェルコールという著者名は、僕にはまったくの初耳だ。わかったのは以下のことだ——テキストはかなり短く、短編ないし中編小説程度で、〈深夜(エディション・)叢書(ド・ミニュイ)〉で昨年非合法出版され、その後今年七月にイギリスで、〈沈黙の手帳〉出版から再版されている。翻刻してくれというだけで、それ以外なんの指示もない。刷り部数についても、作業の仕方についても何もない（著者名はこのまま載せるべきなのか？）。
僕の存在をどうやって知ったのだろう？　不思議だ。

一九四三年十月二十日
ヴェルコールの文章を読み始めたら最後までとまらなかった。これはぜひとも出版しなければならない。うちの印刷者エマニュエル・アンドレオに見せると、彼は僕の目の前で読み、一日猶予をくれと言った。

一九四三年十月二十一日
エマニュエルがたった今、《真の富》書店を出る。彼は色や紙質を問わず見つけうる限りの紙をすべて集めた。『海の沈黙』を二万部刷るのに充分な量だ！　緑、黄色、ピンクと、さまざまな色の紙に刷ることになるが、とにかく判読はできるだろう！　すぐに印刷にとりかかろう。

一九四三年十月三十一日
ヴェルコールの本はたった一週間でアルジェには一冊もなくなった！　書棚は空っぽだ。

誰もがこの本について話している。自由フランス軍がフランスの被占領地域に落下傘でこの本を投下するという噂が流れている。レジスタンスだ！

一九四三年十一月六日

『方舟』の計画が認可された。ジッドとアムルシュに加えて、ジャーナリストのロベール・アロンを当てにできる。政治家エドガー・フォールの妻ルシーが、雑誌の編集室として彼女のアパルトマンを貸すことを承諾してくれた。

一九四四年一月三十日

ロベール・アロンが知らせてくれたのだが、ジッドはぜひ冒険に参加したいとは思っているものの、自分の名前を『方舟』の契約書に載せることには反対している。ジッドは僕らが、僕ら若者が、この計画を全面的に推し進めるよう助言する。いいじゃないか！

一九四四年二月二日

『方舟』創刊号の刊行が目前に迫っている。僕らはとりわけサン＝テグジュペリのエセー「ある人質への手紙」が気に入っている。

一九四四年二月三日

ロベール・アロンとジャン・アムルシュはむやみに手紙をやり取りしている。アロンはアムルシュが発行人としての自分にじゅうぶんな敬意を払っていないし、僕に対して公平でない『方舟』の契約書を準備した（僕自身は何も要求していないのだ！）と非難している。アムルシュはアムルシュで、アロンが編集室秘書にルシー・フォールをすげようとごり押ししていると咎（とが）めている。

一九四四年二月八日

ド・ゴール将軍が僕らの『方舟』創刊号を褒めたたえていると、ロベール・アロンが知らせてくれる。将軍は校正刷りに目を通すことができたのだ。

一九四四年二月十日

アムルシュとアロンはロケット砲のように手紙の応酬をつづけている。僕は仲裁を頼まれる。

一九四四年二月十五日
『方舟』は大成功だ。増刷しなければならないだろう。アムルシュは鼻高々だが、無理もない。彼はこの雑誌にかかりっきりで、休みなく奮闘しているのだ。

一九四四年二月十七日
『海の沈黙』の出版のせいで僕は非難されている。コミュニストたちは僕の首を欲しがっており、ファシストの本を出したと言って非難している。主人公の善良なドイツ人が彼らを不快にするのだ。連中は僕を軍事法廷に召喚するよう求めている。ド・ゴール派やら共産主義者のシンパと目された僕が、今やファシスト呼ばわりだ……。出版者は容赦されるということがない。

一九四四年二月十八日
統制撤廃の恩恵を受け取った――『方舟』次号のための、大きなリールに巻いた二トンの用紙。

一九四四年二月二十一日

ロベール・アロンが僕らの印刷者に脅しの手紙を書いた。アロンは、自分のサインなしでは誰も『方舟』を印刷しないこと、それに、雑誌に関するすべての資料は自分に引き渡すことを要求している。これは行き過ぎだ。彼は助言者を雇っているらしい。ジッドと僕で喧嘩をおさめなければならない。アムルシュは『方舟』の指揮をとり続けようとしている。『方舟』は彼の手にもどるべきものだろう。

一九四四年三月十一日
『結婚』の初版を売り切った。五年で千二百二十五部。

一九四四年三月二十九日
F・J・タンプルが詩を送ってきた。彼が久しぶりに一息ついたとき、戦車の中で書いたものだ。真夜中にそれらの詩はふたたび僕の胸をうつ。戦争の最前線にいるにもかかわらず、タンプルは感嘆する力を保ちつづけている。

一九四四年八月一日
サン＝テグジュペリの飛行機が墜落したらしいと知らされた。レーダーの最後の反応はプロヴァンスの海岸近くだ。アントワーヌの出撃の数日前に、彼とすれ違った。彼は歩道に立って、物思いにふけっていた。彼は僕に打ちあけた。アメリカ軍がとうとう彼に何回かの飛行を許可し、うち一回は偵察飛行だ。しかしこれからは、自分が飛行には年を取りすぎていると見られることはじゅうぶん承知している、と。彼を励まそうと思って、戦争の終わりは近いし、僕らは勝つだろうと言った。彼の答えは奇妙なものだった。「そう、戦争には勝った、それでもやはり、負けた」。そして彼は去っていった。いつもの心配そうな表情を浮かべて。

一九四四年八月三日

数日来流れていた噂はいまや真実となった。サン＝テグジュペリは確かに飛行中に消息を絶った。彼が僕に残してくれた最も美しい思い出の一つ——僕らは共通の友人の家に昼食に呼ばれていた。僕が到着したとき、家にはアントワーヌを除いてみんなが揃っていた。長いあいだ待たされ、心配になって、僕はふと窓の外を見た。彼はまばゆい太陽のもと、喜びの歓声を上げているらしい子供たちに取り巻かれて歩道に座っていた。アントワーヌは軍から支給されたチョコレートバーの銀紙を使って、彼らにいくつもの小さな飛行機を作ってやっていた。彼はいつもそのチョコレートバーを持ち歩いて、町で出会う子供たちに与えているのだ。小さな飛行機はクルクル回りながら空に上っていき、顔にチョコレートをつけた子供たちは走ってそれを追いかけ、飛び上がって捕まえようとしている……さようなら、アントワーヌ！

一九四四年八月十三日
ドリュ・ラ・ロシェルが自殺を図ったという。ＮＲＦは結局終わってしまうのか？　ガリマールはどうなるだろう？

一九四四年八月二十五日
パリが解放された！　万歳！

一九四四年九月十九日
フランス本国からのニュースが切れ切れに伝わってくるが、みな同じことを言っているようだ──占領軍に協力した嫌疑で、いたるところで作家や出版人の逮捕や裁判、そして投獄のくわだてが起きている。

一九四四年九月二十一日
シャルロ出版の支社をパリに開く計画。やるとしたら今しかない。グルニエならこう断言しただろう。「場所がそこにあるのだから」と。

一九四四年十一月五日
NRFが対独協力のかどで発行停止になる。ポーランがこの雑誌の片をつける責務を負わされ、アムルシュは小躍りせんばかりに喜んでいる。アムルシュは『方舟』のこととなると常軌を逸したこだわりを見せる。彼曰く、『方舟』は絶対にNRFにとって代わらなければならない。雑誌の事務所をパリに移すべく、彼はアルジェを去る準備をしている。

一九四四年十二月一日
あいかわらずの動員で、パリに転属になる。妻と子供たちはアルジェに残す。留守のあいだ、弟のピエールが《真の富》書店を引き受けてくれる。

第四章

リヤドはマットレスの上で寝汗をかき、息をはずませている。明け方だ。彼はパニックに襲われる。書店の静けさが重くのしかかり、クレールははるか遠くに感じられる。身を起こし、片手で髪の毛を掻いて、もう一方の手で枕元のスタンドのスイッチを探る。明かりがついて、中二階の内装がよりはっきり見えるようになる。何かいつもと違うものが見つかるのではないかと怯えて、身のまわりを眺める。バスケットシューズを履き、急な階段を降り、よろめくが、何とか体勢を立てなおし、街の音にさらされたくてドアを大きく開ける。冷たい風がふいに頬をたたくと同時に、上でバルコニーを掃除している隣の女が捨てたバケツいっぱいの汚水が降りかかった。女は大笑いして、リヤドが咎める間もなく中に引っこむ。

戸口には馬のように長い顔の女が三本足の木のスツールに腰かけている。女は小さな赤い敷物の上に偽物の香水をならべている。有名ブランドのラベルが貼ってある――ディオール、サン・ローラン、シャネル、エルメス……彼女は商品を指で指し示しながらにこやかにリヤドにあいさつする。

「男性用の香水。街でも最上の品で、同じものは他では見つからないよ。お隣のよしみで三百五十ディナールを三百にしてあげる」

「えーと……けっこうです」

「じゃあ、ほら、あんたの王女様に一つ買ってあげなさいな」

「僕には王女様はいないよ」

「あんたみたいないい男に？　ありえないだろう」

「………」

「ああ！　じゃああんたの王子様に一つ」

「いや違うよ、そんなんじゃない、香水は欲しくないんだ」

「必要だよ、あんた嫌な臭いがする。おいでよ、ただでひと吹きしてあげる。ほら、もっとこっちへ、坐骨神経痛のせいで立つのが辛いんだよ」

「いやほんとに、僕はただ、戸を開けたかっただけで……」

「こっちへおいでと言ってるんだよ、ほら、遠慮せずに」

プシュー、プシュー。首、髪の毛、体に柑橘系の匂いが。向かいの歩道で、アブダラーが杖に寄りかかって微笑んでいる。リヤドは彼のところへ行って、申し出る。

「コーヒーを一杯どうです?」

「ああ」

「あなたも嫌な臭いがしますよ」

「わかってるよ、わかってる……」

老人は迷路のように入り組んだ道を通ってリヤドを連れて行く。年寄りで、杖を突いているのに、アブダラーの歩みは速い。通り沿いの商店の店主たちはアブダラーに挨拶する。ある者は身振りで、ある者は「ごきげんよう(サハー)」あるいは「こんにちは(ボン・ジュール)」と言って。

二人はこざっぱりした小さなカフェに着く。かつての大統領三人の肖像写真が壁にかかっている。アフメド・ベン・ベラ、フアリ・ブーメディエン、そしてモハメド・ブーディアフ。ラジオがついているが、音はとても低くて、ただブンブンと聞こえるだけだ。照明は白くギラギラしている。奥のキッチンが目に入るが、そこではベールをかぶった女たちがあくびをしながら、のんびりと仕事をしている。中の一人、体にぴったりとしたブラウスを着た褐色の髪のきれいな女が、うなずいているもう一人の女の前で自分の胸をさすっている。

カウンターには、悩みごとでやつれたような顔の男が一人座って、静かに泣いている。男の隣には、ゆっくりとハミングしながらギターをつま弾いている女が一人。女は軽く頭を下げてアブダラーにあいさつする。

リヤドとアブダラーは青いフォーマイカのテーブルにつく。アブダラーは息をするのに苦労している。リヤドはそれについて、ありうる原因を考える——肺血栓、心臓発作の初期症状、あるいは胸を締めつけるような不安や悲しみの発作。波のざわめきのようなリズムをもった呼吸。リヤドはこの前の夏のプロヴァンスでのバカンスを思い出す。クレールはスカイブルーのビキニを着ていた。彼女の眼の色と同じ青さ。自分を見つめるアブダラーが着ているセーターと同じ青さ。

「あなたの目ほど黒いのは珍しいですね。ええと、つまり、あまり黒いので虹彩にさえ気づかない。ほとんど怖いくらいだ」

「目が黒いからというだけで、私を怖がらないでくれ」

「ええ、もちろん」

「今日は何をするんだい？」

「整理(ランジェ)」

「整理？　散らかし(デランジェ)じゃないのか」

「整理、散らかし、そうですね」

「何が残ってるんだ？」

「高いところの本です」

「ああ、プレイヤード版の本だな」

「あの書店をよくご存じのようですね」

「私はあそこでたくさんの時間を過ごしたんだよ」

「読書が好きなんですか？」

「あそこで働いていた。会員加入カードの書き込みをしていた。本の分類もやっていた」

「会員加入カード？」

「そう、一九九〇年まであそこは書店だったが、その後は貸出し専門図書館になった。君は中二階で寝てるんだろう？」

「ええ……それで図書館は利用客が多かったんですか？」

「いや、月にせいぜい五人がいいところだった」

「ああ、そりゃよかった」

「そりゃよかった？　利用客が少なかったから、閉鎖は大した問題ではないと思うのか？」

「まあ、そうですね」

「君は馬鹿だな。本をどうするつもりだ？」

「所有者は全部捨てろと」

「捨てる？　本を捨ててはだめだ。本を捨てるだと？　自分の言ってることがわかってるのか？」

「ほかにどうしろと？」

「寄贈しようが、預かろうが、どうでもいい。だがゴミ箱には入れるな」

「あなたは読書が好きなんですか？」

「いや」

「それじゃあ、なぜあそこの本がそんなに大事なんですか？」

「あれは私にとって重要なものだ」

「いいですか、今じゃ、本はインターネットで買えますよ。どんな本でも、どこへでも配達してくれる。オンラインで読むことさえできる、タブレットでね」

「おい、おい」

アブダラーはコーヒーの最後の一滴を飲みほし、立ちあがる。リヤドはポケットの中を探るが、ボーイが急いで、やめておけと合図する。

「店のおごりですよ」

あわてて口ごもりながら、ありがとうと言って、もう書店の方へ戻って行っているアブダラーの後を追う。二人が書店につくと、あの馬面の女が二人の若者と大きな商談の最中だ。

「ディオールのジャドールとピュール・プワゾンあわせて五百ディナール。大まけだよ」

「だけど、四百ディナールしかないんだよ……、もっとまけてくれよ」

「破産しちまうよ、まったく。五人の子供を抱えてるの知ってる？ 亭主は男と逃げちまったよ、けちなジゴロとね」

「はっきり言って、これ以上は払えないよ」

「わかった、わかった。ほらもって行きな、でもまた来ておくれよ」

戸棚をさぐっていて、リヤドは向こうが透けて見えるほどの薄さのきれいな紙に印刷された作品を見つける。そのひとつを思いきって開けるが、微小な文字にたじろいですぐに閉じる。たばこに火をつけて戸口の階段の上で吸う。また雨が降りはじめる。大粒のしずくが、ほとんどのろのろとと言っていいぐらいに重たげに落ちる。アブダラーが歩道から会釈する。二人の男は言葉を交わさずに向かいあう。
　真夜中に近いが、リヤドはまだ本に取りかこまれている。空腹も疲労も感じない。そしてようやく中二階に上がり、こわばった腕を頭の後ろに組んで、闇の中で横になる。クラクションや、アスファルトの上でタイヤのきしる音が聞こえる。時おり、灯台の明かりが《真の富》書店の正面の窓ガラスをよぎる。数秒のあいだに上っては沈んでいく、いくつもの太陽のように。

　通りから、もの悲し気な女の歌声が聞こえる。風が吹き、雨が窓を激しく叩いているが、リヤドは歌を聴きとろうとする。かなわなかった愛を、遠くへ行ってしまった愛する男を歌ったものだ。声は豊かに膨れあがる。自分を捨てた男を引きとめようとする声が聞こえる。過去のイメージを、裏切らないしるしを、忘れなければならない。悲しみに身を任せる準備をしなければならない。別れなんか信じないぞ、とリヤドは思う。そして急に泣きたくなって、毛布を少し引きあげて顔をおおう。クレールがそばにいると想像する。彼女は仰向けに横になり、息をするにつれてゆっくりその腹が持ちあがる。リヤドは彼女のために、マットレスの上に想像上の場所を空け、もう少しそばに引き留めておくためにじっとしていようとする。外の声がギターの伴奏でまた歌い始める。これも心を打ちひしがれた女の歌だ。今度は、その男は別の女を愛する。クレール、マットレス、書店、リヤド、閉じられた目。歌。ギター。窓ガラスをたたく雨。誰かがドアをたたく。

アブダラーだ。

リヤドは急いでドアを開ける。

「だいじょうぶですか？」

老人はだいじょうぶだと言う。両の目がうるんでいる。リヤドは老人を椅子まで引っ張っていって座らせる。

「君の邪魔はしたくない」

「特に何もしてませんでしたから」

こうしてアブダラーは、白いシーツを肩にかけて、ふたたび二の二の中にいる。まるで奇怪な魔術師、幽霊のようだ。彼はいま、自分の家にいて、部屋じゅうを見まわし、思い出を見つけようとする。床に散らばっているたくさんの本を見て、青ざめる。リヤドは何冊か積み重ねてまにあわせの椅子を作る。外からは、運転手二人の口論と、長びいて渋滞を引き起こしているその喧嘩にいらついて鳴らされるクラクションが聞こえる。

アブダラーはポケットから四つに折った古い写真を何枚か取りだす。差しだされたそれをリヤドは慎重につかむ。最初の一枚には、いまよりずっと若いアブダラーが、乳飲み子を抱いた女の隣に写っている。三人は居間にいて、家具は花と果物の刺繍をほどこした白い花瓶敷きやテーブルマットでおおわれている。

二枚目には、小さな女の子が床に座って古い本を一生懸命読んでいる姿。『少年と川』、アンリ・ボスコ著、シャルロ出版。三枚目は、ウェディングドレス姿の若い女性がいかめしい顔つきの男と腕を組んでいる写真だ。

「最初の写真は、妻の腕に抱かれている生後数か月の私の娘。こちらは、娘がまさにここでお気に入りの本を読んでいるところ。そして最後の一枚は娘の結婚式だ」

「娘さん、すごくきれいですね」

老人はうなずいた。かすかに自慢げな笑みすら浮かべて。リヤドは尋ねた。

「あなたはここで働くのが好きだったんですか？」

アブダラーは考えこんだ。

「ああ。何年ものあいだ、毎日この本たちは私といっしょだった。初めのうちは、毎晩、ここにある本を分類して過ごした。整理番号をつけ、台帳にデータを入れた。一冊ごとの著者名と、表題と、ＩＳＢＮと、キーワードを表示する必要があった。要約を作成するため、それと読者の質問に答えられるように何ページかずつを読みもした……この場所が私にとってどんなところかを君に説明するのは難しい。みなはあまり知らないが、私は読書が好きじゃなかったし、いまだに好きだという自信はないけれど、本に囲まれているのは大好きだ。たとえ字を読むことを学ぶのにすごく時間がかかったにしてもだ。植民地時代には、フランス人のための学校は一つしかなかったし、我々が行けるのは一つもなかった。私はアラビア語を修道場（ザーウィア）で習った。そしてフランス語は、独立後に妻が教えてくれたおかげで、やっと習得できた。妻は私の無知をけっして馬鹿にしなかった。辛抱強く時間をかけて読み方を手ほどきしてくれた。私は印刷された言葉の前で気おくれしないために、長いあいだ自分自身と戦わなければならなかった。私のような者にとっては、読むというのは自然なことではないのかも知れない。人は本に触れることができるし、それを感じることもできる。ページの端を折り曲げるのをためらってはいけない。途中でやめるのを、またそこへ戻ってくるのを、枕の下に隠すのを……ためらってはいけない。私はそれができないのだ。今でもまだ、一冊の本を目にしたとき、まずそれを整理しようという反応が起きてしまう」

　アブダラーは身をかがめる。

「ここでこの本をしょっちゅう読んだ。ジオノさんの『真の富』だ。なぜこの書店が同じ名前なのかを知りたかった。ああ、ここが私の特に好きな一節だ。〈彼らは命令を待って生きることに慣れていた。いま、彼らは、控えめながら、自発的に、誰の言うことも聞かずに生きる決心をした。そしていまや、何もかもが本当にはっきりした。マッチとランプを見つけたときのように。家が明るくなり、必要なものを見つけるために、どこへ手を伸ばすべきかがとうとうわかる。家よりもずっと広大な住まい、広大な場所の中で、夜明けの光が輝く。そして世界が夜の汚泥におおわれたように閉ざされて暗かった場所で、いくつもの谷や、川や、丘や、森が、生きる喜びとともに発見される〉。私がこの書店にたどり着いたときに感じたことだ」

ギターの演奏は終わり、歌い手の声も止(や)んだ。

セティフ、一九四五年五月

〈勝利の日に、母国フランスは北アフリカの子供たちに負っているあらゆる恩義を忘れていないだろう〉塹壕の中で、敵の銃撃にさらされ、爆弾の雨におびえながら、われわれはフランスを敵から守った。モンテ・カッシーノの戦いや、南フランスの町々の解放に参加し、イタリアでの戦いでは数百人の仲間の遺体を放棄しなければならなかった。われわれはアルザスを解放し、ナチのドイツまで進軍したのだ！　爆弾も銃撃も、フランス人と原住民を区別しなかった。

将来アルジェリアの初代大統領となるベン・ベラは、イタリアでド・ゴールから勲章を授かる。のちにアルジェリア革命の英雄となるモハメド・ブーディアフ、カリーム・ベルカーシム、ラルビ・ベン・ムヒーディもそこで戦った。われわれの勇気はいたるところで称えられる。
アルジェリアではフランス解放を祝おうとしている。われわれは民衆の喜びを表わすデモに参加したい、そして戦争中になされた約束を思い出させるために、その機会を利用したいと考える。

コンスタンティーヌ西部の町セティフでは、フランス当局はわれわれが勝利を祝うことを許可する。ただしわれわれがヨーロッパ人と混じらないという条件で。そしてこのデモが政治的な性格を帯びないという条件で。鐘が鳴る。通りには数千の人々がいる。われわれの行列は陽気に動きだす。周辺一帯の農民たちも合流する。群衆の中に初めて、緑と白地に赤のシンボルが描かれた旗が出現する。フランス人との平等、原住民政治犯の釈放、そしてアルジェリアの独立を要求する横断幕が掲げられる。群衆に引きずられている一人の警官とすれ違う。警官は銃を抜いて発砲する。アルジェリアの旗を持っていた原住民の若いボーイスカウトが地面に倒れる。人々はパニックを起こして泣き叫ぶ。これが虐殺の始まりだ。社会主義者であるセティフの善良な市長が割って入り、銃撃をやめさせようとするが、撃ち殺される。撃ったのは誰か？　それは決してわからないだろう。一昼夜のあいだ、人々の上に銃弾の雨が降りそそぐ。そして朝になり、虐殺は再開される。暴力は二週間にわたって荒れ狂う。孤立したフランス人たちは撃ち殺される。軍隊は何千人もの原住民を逮捕し、銃殺する。入植者は当局に武器を持たされ、村々を掃討し、破壊しつくす。歩道は血で赤く染まる。しかばねは井戸に投げこまれる。ヘリオポリスでは、石灰で作ったかまどで場所ふさぎの死体が焼かれる。

若いカテブ・ヤシーヌは当時、セティフのリセで学んでいた。後の小説『ネジマ』の著者はまだ十五歳の若さだった。虐殺の話を聞いた彼は、母親の猛反対にもかかわらず、デモに加わる。ヤシーヌはあっという間に逮捕され、刑務所に放りこまれて、銃殺の恐怖に怯えながらそこで三か月を過ごす。息子は死んだと母親は知らされる。息子の死骸をさがして、町をさまよう母。正気を失ったように、涙を流し、懇願し、祈りながら。家族は母親を病院に入れざるをえない。彼女は二度と自分を取り戻すことはないだろう。

コンスタンティーヌ全域で、軍はわれわれに屈辱的な儀式を強制する——フランス国旗の前に原住民をひざまずかせ、私たちは犬ですと叫ばせる。

そしていっぽう、アルジェリアに帰還した原住民歩兵は歓呼の声で迎えられ、有終の美を飾る。彼らは誇らしげだ。フランスのこの勝利は、彼らのものでもある。本土でフランス人の戦友といっしょにそれを祝い、戦場で死んだ友人たちや連隊の話や焚火のほとりでのカードの勝負を、共に語る。彼らは軍服を着て、胸に勲章をピンでとめ、将来への希望に胸をふくらませて故郷に到着する。人々は破壊された村で彼らを迎え、虐殺があったことを知らせる。

ド・ゴール将軍はポール・テュベールをアルジェリアに派遣する。法学と政治学の学位取得者で、陸軍歩兵学校の出身者であるこの男は、チュニジア、マダガスカル、モロッコ、アルバニア、アルジェリアで軍務についていた。彼は五月十九日にアルジェに上陸したが、そこに一週間足どめされ、コンスタンティーヌに行くことができない。その間を利用して、テュベールは役所の両陣営――入植者および原住民――のお偉方たちと会う。

彼らの舌はほぐれ、おぞましい行為を語り始める。五月二十五日になって、ようやくテュベールはセティフに到着するが、その日のうちにアルジェの総督府から、パリへ戻れと命じる電報が届く。一九四五年七月十日、テュベールは下院に警告する。状況は深刻だ。きわめて迅速に対処する必要がある、と彼は言う。時間は切迫している。下院議員たちはひどく困惑している。何らの公的な措置も取られない。

第二次世界大戦は終わったばかりだ。われわれはすぐに武器を取らなければならないこと、そしてフランスはもはやアルジェリアにとどまるのは許されないということがわかっている。将来大統領になるブーメディエンは十三歳だったが、虐殺を目撃し、のちにこう語っている。「あの日、私はあまりに早く年をとった。青年から一人前の男になったのだ。あの日、世界はひっくり返った。われわれの先祖たちさえ土の下から立ち上がった。自由な人間になるためには武器を手に戦わなければならないと、子供たちにもわかった。誰もあの日を忘れることはできない」

鎮圧軍の司令官デュヴアル将軍は断言する。「私はあなたがたに十年間の平和を与えた。もしフランスがこの間に何もしなければ、すべてがふたたびより悪い方向に向かい、おそらく取りかえしのつかないことになるだろう」。この男は明晰だった。

国中から集まった男女による反乱の組織化には九年を要するだろう。彼らはその九年間に秘密裡に会い、組織網を作りあげ、最小の軍隊を設立する。アルジェリアの大義に賛同するフランス人もそれに加わる——数学者モーリス・オダン、工員フェルナン・イヴトン、詩人ジャン・セナック、見習士官アンリ・マイヨ、医師ピエール・ショレ……。彼らは捜索され、拷問され、死刑を宣告されるだろう。彼らの多くは独立宣言以前に死ぬ。

人々はまだ知らないが、間もなくアルジェリアで反乱が起きるだろう。

いまのところ、家々の扉は閉ざされている。それぞれがその家族の死や行方不明を嘆き悲しんでいる。

エドモン・シャルロの手帳
パリ、一九四五年―一九四九年

一九四五年一月二日

軍に動員され、情報省の技術部に配属されて、理工科大学出身の指揮官アルベール・ド・バヤンクールの下で働いている。事務所はシャンゼリゼ通りに面している。机が一つ、椅子が一つ、それに一人分の仕事。問題は僕らが三人だということ！　僕は午前中、時間をつぶさなければならない。何もやることがなければ、自由に散歩に出る。一日まったく暇なら、パリ見物に出かけるが、その間アルジェでは、向こうにいる妻と弟と友人たちが《真の富》書店を引き受けてくれている。アムルシュは僕といっしょにいて、雑誌『方舟（アルシュ）』が成長し、新たな読者を獲得し続けるために、休みなく働いている。

カミュの勧めで、七区のシェーズ通りにあるミネルヴァホテルに部屋を一つ借りている。

訪問者が宿泊客への面会を求めると、女優のイヴェット・ルボンに似たフロントの金髪美人が巨大なカウベルを鳴らす。それがすばらしい音をたてるのだ！　これぞパリ……

一九四五年一月十二日

マドレーヌ・イダルゴという秘書を採用。三か国語を完璧にあやつる非常に有能な女性だ。とりあえず二人でホテルの食堂を使って仕事をしているが、ここには暖房がない。マドレーヌはくしゃみをし、赤くなった手はペンを握るのもやっとだ。

一九四五年一月二十一日

シャルロ出版を受け入れるのにじゅうぶんな広さで、しかも僕の資力（とるに足りない）に見合う場所を探して日々を過ごす。

一九四五年一月三十一日

カミュがグラフィックデザイナーのピエール・フォシューを紹介してくれた。面白い男だ。うちの双書の新しい装丁を考えてくれるよう依頼した。

一九四五年二月十一日

もうホテルではちゃんと仕事ができなくなった。寒さのせいで集中できないのだ。これからはカフェ・ド・フロールに腰を落ちつける。そこでは、サルトルとシモーヌ・ド・ボーヴォワールからほど遠からぬ席で朝食をとる。彼らは部屋の向かい側に陣取り、僕らと同じものを求めているように見える――暖房と本物のコーヒー、そして静けさ。アムルシュ、ポンセ、ジッド、それに僕は、そこでシャルロ出版のパリ支社開設の準備をする。

一九四五年二月十三日

シャルロ出版のパリ支社のメンバーには加わりたくないというロブレスからの手紙を受け取る。彼は、自分にとってアムルシュといっしょに仕事をすることがどれほど難しいかを、僕に隠さない。それにつけ加えて、〈さしあたってのあれこれの辛い心配事を超えて固い友情を創造する〉という狙いで彼が考えている雑誌の計画が書かれている。それは三か国語（フランス語、アラビア語、ベルベル語）で書かれたものになるだろう。

一九四五年二月十八日

ヴェルコールに手紙を書いて、フランス解放前にアルジェで刊行した『海の沈黙』の版について彼がどうしたいのかを尋ねる。彼は、今後この本は深夜叢書でのみ出されることを望んでいるのか？　この郵便に官報を一部滑りこませる。その中では、共産主義者たちが、これこそファシズムだと言いつのり、彼の首を要求しているのだ。彼が面白がってくれるといいのだが。

一九四五年二月二十七日

フォシューから装丁全体を刷新しては、という提案が出される。彼はこの一新は売り上げ増につながると考えている。彼の言うとおり、審美性と情報を兼ね備えなければならない。

一九四五年三月十八日

ホテルに帰ると、グロリフェ夫人がある牧師から預かった手紙をさしだした。「あなたが場所を探していると伺いました。うちの教会の信者で戦争捕虜になっていた方が病気になって帰還し、ヴェルヌイユ通りの自宅を処分したがっています。関心がおありでしょうか？」

一九四五年三月二十日
その場所を見てみたが、良い物件とは言えない。細長い三つの部屋のせいでおそらく僕らの仕事は面倒なものになるだろう。だがその界隈は気に入った。そして何より、ここは僕の資力の範囲内だ。買おう！

一九四五年五月八日
フランスにとって勝利の日であり、ヴェルヌイユ通りの八にシャルロ出版が設立される日。

一九四五年五月十五日
アルジェリアからのニュースにはぞっとさせられる。コンスタンティーヌで何が起きたのか？　この問題について僕らの議論は際限なく白熱し、そしてしばしば口論で終わる。アルジェリアで起きていることについては何の一致も見ない。

一九四五年六月三日
シャルロ出版のパリ支社は今後、有限会社組織となる。しかしアルジェの本社はこのまま維持し、僕はあちらとこちらを行き来するだろう。

役割と肩書は以下のとおり。

編集部長―ジャン・アムルシュ

営業部長―シャルル・ポンセ

専務取締役―エドモン・シャルロ

アルマン・ギベールはポルトガルやイタリアや南アフリカへの何度にもわたる旅行を終えてフランスにもどってきたが、海外営業の役目を引き受けてくれた。彼は僕らに再会できて実に嬉しそうだ。僕はみなに会社の株を分ける。もちろんマドレーヌは引き続きチームの一員だが、アムルシュがジャン・ポーランに推薦されたドミニク・オーリも新たに採用する。戦争中、ドミニクは用紙調整委員会のメンバーだった。パリの情報網に関するドミニクの知識と、彼女を高く買っているように見えるポーランの支援はおそらく僕らの役に立つだろう。

一九四五年六月十日

金がいっぱい詰まった封筒を僕は机の上に置く。仲間たちに、必要なときはそこから取り出すよう促す。彼らの父親になったような気がする。

一九四五年六月二十二日

アムルシュはすっかり『方舟』に取りつかれている。彼は絶えずポーランとジッドに手紙を書いている。その目的の一つは、二人にしっかりチームに参加してくれと頼むことだ。NRFの元主筆である彼らなら、強力な旗印になるだろうという考えだ。そしてアムルシュの二つ目の目的は、自分が雑誌の命名者だということを二人に思い出させることだ。二人をいたわらなければいけない、僕らが失望しているという印象を二人に与えないようにしないといけないということをアムルシュにわからせようとしたが、無駄だった。僕はアムルシュに深い友情を抱いているが、彼はこれまで僕の言うことを聞き入れたためしがあっただろうか？

一九四五年六月二十九日

用紙を探す困難。これは決して終わることがないのだろうか？　規則？　それは不公平だ。割当てられる量は会社の戦前の生産高によって決まる。そしてドイツがやって来る前の首都には存在しなかった会社は消えていくのかもしれない。大会社にはすべてを与え、ほかの会社には何もやるなということ！　深夜叢書社が割当てを手に入れるために、アンドレ・マルローが個人的に介入したに違いないという話を聞いた。

一九四五年八月二日

一週間の予定でアルジェに帰る。地中海を挟む二つの場所を移動するのはすごく疲れる。僕はしょっちゅう失敗の埋め合わせをし、生じる緊張をやわらげ、誰も彼もを元気づけなければならない。それもすべて距離を隔ててだ。地中海の一方の側に本社を持ち、もう一方に支社を持つことですべてが複雑になる。

一九四五年八月二十九日

ジュール・ロワ、アルマン・ギベール、ジャン・アムルシュとパリの感じのいいビストロで夕食。僕は少しばかり放心状態だったが、それはみなにもわかったはずだ。物質面での気苦労は友人たちと楽しい時を過ごす妨げになる。僕はまわりの男たちを眺める。考えはこんなに違っているが、それでも一つの夢で結び合わされた男たちを。

一九四五年九月五日

アムルシュは壮大なアイデアで頭がいっぱいだ。若い書き手たちが送ってくる原稿を注意深く読み、面白く、美しく、出版に値する可能性のあるものを見つけようと常に努めている。彼らに長い返事を書いて励まし、何人かには面談さえしている。アムルシュは時として冷淡だが、僕は彼がシャルロ出版に忠実だと知っている。

一九四五年九月十二日

アルジェリアの出版社という異国的イメージを背負ってはいるものの、僕らは厳しい競争をのりこえて出版物を増やそうとしている。なんとか、月に十二点から十五点は出版できるだろう。

一九四五年九月十八日

アムルシュに説得されて、うちの本と著者を読者に紹介するために、経費のかかる豪華な目録を作ることを承知した。彼はマスコミに向けてのキャンペーンに乗り出すことも望んでいる。カミュは懐疑的で、用心するよう僕に忠告する。「ものごとは抑制すべきだ。小さなことから始めなきゃ」

一九四五年九月二十一日

カネット通りの小さなレストランで昼食。メンバーはスーポー、アムルシュ、ロブレス、オリー、ポンセ、それにフレマンヴィルだ。並外れて顔の広いスーポーとの興味深い議論。彼のおかげで僕らは多くの著者や代理人の合意を得る。スーポーは大好きだし、尊敬している。たぶん文学的なある観点から見ればカミュよりも。

一九四五年十月九日

僕らは一文無しの学生みたいに暮らしている。家族を養うのに苦労し、すべての闘いを同時にやらなくてはならない。自分たちの数々のミスに驚いている。何人かの作家が契約書にサインしていなかったのだ。僕は乗り越えがたい法的な問題に巻き込まれている。パリでは何もかもがアルジェとは違う――裁判権も違うし、税も異なる方式で決められる。印税も製作費も一般経費も給与も社会保険負担額さえも。

一九四五年十一月一日

文学賞の選考委員たちに何通もの手紙を発送。

ジャーナリスト宛にシャルロ出版の近刊を何冊か紹介する文章を作る。読んで意見を言ってもらうためにアムルシュとカミュに渡す下書きだ。

一九四五年十一月二十九日

ジッドがポーランに、『方舟』を彼の出版社に取り戻したくはないかと尋ねたが、ガリマールは最新号を「つまらん」と評したらしい。「馬鹿げてる」という言葉すら口にされたようだ。アムルシュは事情を知らないように見える。僕は死ぬほど怒っている。そしてそれをポンセに打ち明けた。シャルロ出版が近々倒産するという噂がパリに広まっていて、彼は心配している。耐えなければならない。方針をつらぬき、しっかり団結していなければならない。

一九四五年十二月十日

『農民テオティム一家』がルノドー賞！　アンリ・ボスコのために心から祝いたい。彼はじゅうぶん受賞に値する。申し分のない作家であり、太陽とプロヴァンスと詩でできている地中海人であり、やさしい男だ。彼にとって、またシャルロ出版にとって、そしてこの冒険に参加しているすべての人にとって、なんという喜びだろう。仲間たちと徹夜で朗報を祝う。

一九四五年十二月十七日
エマニュエル・ロブレスの『人間の仕事』がポピュリスト小説賞受賞！　僕の気持ちをどう表現すればいいのか？　文学賞をめぐるこの熱狂的な騒ぎの一切合切。世界中が僕らに目を向けているように思える。嬉しい、嬉しい、嬉しい！

一九四五年十二月十九日
十一月二十六日の日付のあるアルマン・ギベールの手紙を受けとる。今日になって届くなんて、どこをどう回ってきたんだろう？『農民テオティム一家』についてとてもいい評を書いてくれている。アンリに渡そう。感動するだろう。

一九四六年一月十七日
返事を書かなければいけない祝い状、あらゆる種類の手紙、書店からの注文書やそのほかの書類、そんなものに飲みこまれる。友人たちや家族は迷惑している。

一九四六年二月五日
フレデリック・ジャック・タンプルの詩集『馬に乗って』を刊行。タンプルが前線に出発する前に彼と交わした約束を、僕は忘れなかった。彼は、どれほど感動したかを僕に伝えるために長い手紙を書いてきた。僕はあまりよく知らないこの男に、深い友情を感じる。「武器も荷物も持たず、僕は馬に乗って、ある日君を見つけに出発するだろう……」

一九四六年二月十一日

ギベールに、アムルシュが彼の原稿を待っていること、そして僕がプレトリアについての文章に興味をひかれるということを思い出させるために手紙を書く。ギベールがあそこでどんなふうに暮らしているか、何を夢想しているか、誰を愛しているかを知りたいものだ。プレトリア、なんと美しい名前だ！

一九四六年二月二十二日

ギベールからの返事は、僕が彼に五月分の給与として一万七千四百三十フラン、六月分として同額、それにポルトガル作家フェレイラ・デ・カストロの『永遠』の翻訳料支払い三万八千フランの借りがあることを思い出させるものだ。

一九四六年二月二十七日

新聞で、カスバの友人モモが、パリで潜水深度の世界記録を破ったことを知った。まったく、とてつもない奴だ。切り抜きを取っておく。

一九四六年三月六日

障害は途方もなく大きい。大出版社は戦争からすっかり立ち直り、僕らにとんでもない競争を仕掛けている。彼らはこっちを見下している。アルジェリアから来た〈どん百姓〉と。うちの著者たちに近づき、へつらい、晩餐に招待する。彼らに途方もない約束をする。連中は、僕が数か月で破産すると確信している。

一九四六年三月八日

ポーランは『方舟』の編集委員になるのを断る。今回は少なくとも、はっきりと。アムルシュは激怒し、悲しんでいる。あらゆる心配事（紙不足、あれやこれやの遅れ、競争相手の汚いやり方）が僕らを消耗させ、債務期限をきっちり守るのはむずかしい。

一九四六年三月十五日

ポール・テュベールの本を刊行。表題はずいぶん皮肉だ——『アルジェリアはフランスとして幸福に生きるだろう』。一年前テュベール将軍は、ド・ゴール将軍からセティフの虐殺についての調査を委任された。テュベールは議会での自分の発言の原稿を使ってくれと僕に示した。僕らは問題を避けるために、発言の日付をセティフの虐殺以前の一九四三年七月十日にすることで一致した。それにうちの印刷所に大きすぎる危険を冒させないように、仕事は――もちろん実在しないが――〈特別印刷社〉で行なったことにしよう。策略、ごまかしだ。

一九四六年五月二日

本と原稿が部屋の隅々まで詰めこまれている。スペースが不足している。別の場所を探すのが急務だが、僕らの乏しい資力では適当な物件を見つけるのは不可能だ。

一九四六年五月六日

ここ何週間も、アムルシュは自分が見つけてジッドに買ってあげたいと思っている古いチェス盤のことで僕を悩ませている。結局はこちらが折れてその買い物に必要な金を与えた。今日出版者であるとはそういうことだ。

一九四六年五月二十二日

まったく奇妙な人生だ。向こうにいる子供たちとマノン、こちらにいる僕。出版は僕の人生を引っ張ってきた。出版は僕から妻と子供たちを奪うだろう。

一九四六年六月十五日

犬猿の仲のアムルシュとポンセの喧嘩はよく知っている。雑誌を一人で仕切りたがっているアムルシュを信用するなと言われる（だがそれはもはや既成事実だ）。アムルシュはより多くの敬意を要求し続ける、ポンセと同じくらいの。すべてが子供っぽいだけだ。

一九四六年十月二十九日

議員のヴァンサン・オリオルが僕を上院に呼んで、ぜひとも自分が二年前に出した『昨日……明日』を三万五千部再版してくれと頼んできた。うちにはもう用紙もないし、電話さえないと答えた。実際、僕にはすべてが足りないのだ。「急げ」とオリオルは言った「両方とも手に入る」。ヴェルヌイユ通りに帰ってみると、電話の取りつけ業者が来ていた。オリオルの著書三万五千部の印刷を始めよう。

一九四六年十二月四日
ジュール・ロワが、自身の『幸福な谷間』のルノドー賞受賞祝賀会に出席。彼が本にサインするために飛行服姿で僕らのところへ来たときは大興奮が巻き起こった。

一九四六年十二月六日
一八二九年にコルベイユに創業されたクレテ印刷所を訪ねる。ここがうちの目録の重要部分を製作する。従業員みんなのプロ精神にいたく感心した。

一九四六年十二月二十二日
オリオルが約束した紙は届かなかった。あきらめるしかない。もし彼が大統領に選ばれたら、この本は数週間で売り切れるだろうが。

一九四六年十二月三十一日
総括の日――今年は七十点近くを刊行した！

一九四七年一月十七日

昨日オリオルが大統領に選ばれた。だが彼の著書は三万五千部はさばけないだろう。今後は国家元首の本を宣伝することを禁止するという法律ができたから。

一九四七年一月二十三日

ポーラン、アムルシュと昼食。自分を余計者だと感じる奇妙な感覚。ひどく、ひどく心配だ。

一九四七年一月二十四日

きのう、書籍協同組合でいつ果てるともしれない会議があった。たとえ会社の収支決算が良くなくても、僕は持ちこたえる努力をする。状況を立て直したければ、もっとてきぱき仕事をするための、より広いスペースが必要だ。

一九四七年一月三十日

早急に別の場所を見つけなければならない。確かにここは狭すぎるし、僕らの事業はすごい速さで進展している。破産せずに広い場所を手に入れる唯一の方法は、娼館を買うことだ。二、三か月前に、売春制度を禁止するマルト・リシャールの法律ができて以来、それに伴う売春宿の閉店があいつぎ、娼館という娼館が売りに出ている。かくして僕は、好物件を求めて娼館に通いつめているという次第。

一九四七年二月五日

書店からは電報で、キロ単位で本の注文が来る。だが紙は不足していて、もっと手に入れる方法を何も見つけられない。厳しい。事業が成功に追いつかない。成功を減らすか、紙を増やすか、何より資金調達を増やす必要がある。実売の平均部数は十万部に達する。いくつかの本はそれ以上の売れ行きを示す。『農民テオティム一家』は三十万部になるだろう、それは確実だ。しかし、僕らが良い本を出せば出すほど、会社の資金状況は悪化する。うちは職人的な零細会社から、注文に追いまくられ、そして……負債に追いまくられる企業に変わってしまった。気が気ではない。

一九四七年二月九日

銀行との面談はうまくいかなかった。いくつもの文学賞や宣伝にもかかわらず。僕の目の前にいるのは、本のことを何も理解せず、僕を助けてもくれないだろう人たちだ。

一九四七年二月十六日
紙を見つけるのに、いつもこんなに多くの苦労がある。闇市に行って天文学的な値段で仕入れざるをえない。僕は目の前に置かれたものにサインする。価格についても引き渡しの詳細についても交渉はできない。このまま一生、紙を追いかけて行かなければならないのだろうか？

一九四七年二月二十一日
アムルシュと込みいった議論。思い違いかもしれないが、アムルシュは僕を信用していない気がする。

一九四七年二月二十五日
毎日、毎晩、商売敵の僕への敵意について知らされる。相手は僕らをアルジェリアに送り返したいと切に望んでいる。うちの著者たちはいろいろ口説かれている。うちへの納入業者もいやがらせをされる。書店主たちはできる限り抵抗している。僕は力不足だ。パリの出版社には、金も、紙も、組織網もある。だが僕らには？　作家たち——最良の——がいて、さらに強い意志があるが、それでは不十分だろう。シャラ通り二の二、アルジェのビストロ、仲間たち、それらははるかに遠い。計画は延期しなければならないし、印刷業者には手形の支払期限を延ばしてくれるよう懇願しなければならないし、支払いが遅れることを予告しなければならない。僕は数えきれないほどの夜を計算を繰り返して過ごす。打ちのめされる。これ以上は無理だ。

一九四七年二月二十八日
くすんだ赤い服を着たジッドとすれ違った。ソビエトでの自分の印税はこれで払ってもらったんだと説明してくれた。彼の著書はソビエトでよく売れているが、ルーブルで支払われる印税を国外へ持ち出す許可が得られず、それはべらぼうな量の生地で補償された。で、彼はすごい数の服を誂えたというわけだ。僕はこの話をアムルシュに聞かせたが、彼はひどく苦々しく感じているように見えた。アムルシュは、ジッドの生活の中で自分がなんら実質的な地位を占めておらず、ジッドは自分のことを考えてもいないと思っている。僕は出版者にとって大切なのはそんなことじゃないんだと説明しようとした。

一九四七年四月八日
状況は悪化し続けている。アムルシュは僕に、この五、六週間のうちに策を講じて財源を見つけなければならないだろうと言う。どんな策を、そして何よりもどんな財源を？うちは著者たちに支払いができない（とりわけ『方舟』に原稿を書いてくれたグルニエに。僕はそれをとても恥じている）。

一九四七年四月十二日
うちの小さな場所をマリー・マルケという婦人に売り渡したばかりだ。彼女はここで乳白ガラスの製品を売るだろう。シャルロ出版はグレゴワール＝ド＝トゥール通り十八番地の古い娼館に居を構えるつもりだ。ここは詩人のアポリネールが常客だったことで有名なところだ。僕らは建物全体を買ったが、以前の持ち主は殺されたと聞いた（そのおかげで価格が下がった）。娼館。詩人。殺人。いずれにせよ、これで立て直すことができなければ！

一九四七年五月三日
《真の富》書店を弟のピエールに譲る。もうどうしてもあちらの仕事に集中できないし、「娼館」での仕事をやり遂げるために金が必要だから。これは予想より費用がかさむ。シャラ通り二の二にある僕の小さな書店が進む困難な隘路のことを考えると、ちょっと心が痛む。あの店はピエールと彼の妻によって大切に守られるだろう！

一九四七年五月七日

アルジェリアで暮らすために戻ったロブレスからの便りを受け取った。彼は『鍛冶屋』と題した自分の雑誌を創刊する。『鍛冶屋』の生命の長からんことを！

一九四七年九月十二日

ほとんど払いきれない多くの出費――昼食への招待、高くつくがきわめて大事な図書目録。解決策は見つからないし、新しい場所に居を構えたにもかかわらず、雰囲気は陰鬱だ。

一九四八年一月二十八日

僕らはもはや本を印刷できない、もう一文なしだ。資金を見つけるあてはないし、どこの銀行も融資してくれようとはしない。

一九四八年二月十七日

アムルシュにジュール・ロワからの最近の手紙を見せられた。ロワは僕らが彼のためにじゅうぶんな努力をしなかったと考え、自分の本は僕らの宣伝なしでも本の力だけで売れると思っている。そしてうちが自分にとって適切な出版社かどうか疑っている。

一九四八年三月十九日
アムルシュは資金を探し求めている——文化・学芸の庇護者（メセナ）、実業家、銀行家……。結局無駄だった。

一九四八年三月三十日
ジュール・ロワがガリマール書店に移るために、シャルロ出版と結んだすべての契約を解消するよう求めてきた。

一九四八年六月十六日
カミュがうちとの関係から身を引く意向を僕に伝え、これまでの印税を要求する。了解する。

一九四八年六月十九日

アムルシュが、ポーランから紹介された億万長者フロレンス・グールドに、三百万フランの援助を要請する。

一九四八年六月二十日

エマニュエル・ロブレスの次の小説、『町の高み（オトゥール・ド・ラ・ヴィーユ）』の装丁を受けとる。チュニジアの画家、エル・メッキが制作したものだ。黒いバックに表題は緑で、三角形の光が後方の町にあたっている。地味だが美しい。主人公の青年の孤独を描くこの小説にぴったりだ。僕は、ちょっと野心的だが経済的にはさして費用はかからないと思われるアイデアを持っていた――内容に沿った新しい要素を表紙に加えること。たとえば、表紙の両袖に、読者の購買欲を促すために小説の要約とロブレスの略歴を刷りこむ。フランスの出版界ではまったくの新機軸となるだろう。

一九四八年八月五日

シャルル・ポンセが知らせてくれたのだが、ギベールは僕らが彼に支払うべき金額を当初の三万八千フランから二万六千フランに下げることを受け入れた。

一九四八年八月十二日
シャルロ出版の株主――というのは僕の友人たちでもある――が集まった。彼らは僕の辞任を求め、単に文芸顧問として残すという。シャルル・ポンセと僕は身を引かざるをえない。僕の名を冠している会社。シャルロなきシャルロ。そんなことがあり得るのか？会社の負債は二千二百万フランにのぼる。それを聞いてめまいがする。アムルシュが清算の任務を負い、従業員は何人か解雇されるだろう。この通告は辛い。僕の借金を払うために、所有しているものをすべて――つまりほんのわずかのものだが――売らなければならない。ひどく落ち込んでいるらしいドミニク・オーリとマドレーヌ・イダルゴを元気づけることに努めた。

一九四八年九月二日
アムルシュとオートランがふたたび指揮を執る。ジュール・ロワのいわゆるシャルロ一党は崩壊する。ガリマールやスイユやジュリアールは著者の大半を取り戻す。
文学の夢と地中海人の友情だけを手にアルジェに帰る。

一九四八年十月十五日

僕はアルジェから、一人のオランの人間が書いた美しい詩の原稿をアムルシュに送った。それに対してそっけない返事が来る。その手紙で、アムルシュは僕に、シャルロ出版の抱えるさまざまな問題、複雑な状況、履行されていない多くの契約を思い出させる。アムルシュは僕に求める。「たとえ傑作でも、アルジェで見せられた原稿はわざわざこちらに伝えずにすべて断ってほしい。そうすれば時間の無駄をなくし、通信費の節約にもなるだろう」。友情は遠くに去った。挫折、挫折……

フロレンス・グールドが『方舟』のために、アムルシュに二十五万フラン出したと聞かされる。そして今日、彼女はその返却を求めている、と。アムルシュはこれが貸しつけではなく贈与だと主張している。彼はガリマールに『方舟』をそちらで引き継いでくれるよう説得を試みるが、もちろん無駄だった。ガストン・ガリマールはNRFが再刊されるのを見たいのだ。そしてジッドはすべての人を和解させたがっているようだ。ポーランはどうかと言えば、彼はフランスに対するアムルシュの位置を理解していないと思う。ポーランはアムルシュの反抗の中に恨みがあると見ているし、それでアムルシュに対する信頼を持てないのだと思う。

一九四八年十一月二十九日
ブーザレアに住んでいるロブレスに電報を打つ――「町の著者（高み）、フェミナ賞心からおめでとう。ぜひ早くお会いしたい」。いずれにせよ、この受賞は実に嬉しい。

一九四九年一月十日
僕の〈著者・作品紹介〉のアイデアは、ロブレスの小説の重版用にメッキの装丁に組み込まれた。つまり、本の梗概と著者の略歴が表紙に印刷されたのだ。これは斬新で、出版業界で大いに話題になっている。

一九四九年三月八日
ピエールは妻の助力もあって、《真の富》書店をほんとうに立派に運営している。僕は新しい計画に乗り出さなければならない。フランスでのさまざまな冒険を経て、僕同様アルジェに戻っている詩人のセナックは、その意味で僕を勇気づけてくれる。

一九四九年五月二十二日
ミシュレ通り十八番地に〈岸辺〉という看板を掲げた新しい書店を叔父のアルベールと

いっしょに開く。この新しい場所を生かすたくさんのアイデアがすでにある。セナックはしょっちゅう僕に会いに立ち寄る。ショートパンツにエスパドリーユという格好で、精気にあふれて。いっしょに書店の地下に画廊を作る計画だ。

一九四九年十二月一日
シャルロ出版がパリの裁判所から破産宣告を受ける。パリでの辛い出来事。みんなの友情の挫折。
僕の人生の一ページが乱暴にめくられる。

第五章

リヤドが書店の入口を閉めて鍵をかけようとしているとき、ピザ店の店長ムーサがやってきて、彼を夕食に招く。

「女房がおいしいクスクスを準備したし、アブダラーが君のことをよく話すので、私らも知り合いになれたら嬉しいと思ってね」

二人の男はピザ店を通りぬけ、ソーダのケースや掃除道具(洗剤、箒、ジャヴェル水の瓶、ピンクの縞の入った白い棒雑巾、水でいっぱいのブリキ罐)の積み重なった長い通路を歩いて階段に突き当たり、それを上って食堂に出る。ムーサはリヤドに座るよう合図する。

「女房と娘もすぐに来る。アブダラーはいつものお祈りをしてるが、間もなく来るだろう」

　丸テーブルにはきれいな布のテーブルクロスがかかっている。その真ん中にクスクスが大盛りになった巨大な皿が乗っている。気づまりな様子で、リヤドがちょっとぎこちなく話し始める。

「夕食に招いていただいてありがとうございます」

「来てくれて嬉しいよ」

「アブダラーはあなたといっしょに住んでいるんですか？」

「ああ、あの人は一階で寝ている。アブダラーは勇敢な男だよ、な」

「ええ……」

「あの人は自分の話をしたかい？」

「少しだけ」

「簡単に胸の内を明かす人じゃない。いいかい、あの書店には立派な歴史があるんだ。私はずっとこの町で生きてきて、あの書店の以前の持ち主であるシャルロ夫人とおしゃべりするようになった。小柄だががっしりした人で、古本の売買をしていた。店に押しかける好奇心の強い客たちに、カミュが店で原稿を直していたことや、展覧会のこと、作家たちのことを話していた。私はてっきり、シャルロの奥さんを、つまりアルジェの出版者の未亡人を相手にしていると思ってた。実は、彼女はシャルロの弟の未亡人だった。きのどくな夫人は、ここの事態が複雑になり始めた一九九二年に立ち去った。こんなことはぜんぶ遠い昔の話に思えるだろうな。君はずっと小さかったはずだ。おかしな時代だったよ。何が起きているのか、みんな本当にはわかっていなかった。アルジェリアのテレビニュースには次々に交代する大統領たちや、勝利を手にした軍人たちや、握手をする男たちが映っていた。君は覚えてるかな？　生活は苦しくなる一方だった。窮乏生活だ。女房はこれこれを買ってくれと要求しなくなった。私は市場に行って見つけたものを買い、もし殺されなければ家に帰り、女房は満足した。ああ、あれのせいだ、テロリズム。あれがあらゆる女房たちを静かにさせた。皆が状況はすぐに解決されると思っていたが、そうはならなかった。あの怪物たちは村々にやってきて、男や女や子供を殺した。翌日かあるいはその次の日、皆が新聞――私らにとって情報の一番の仲介者――でその恐怖を目にした。あの時代のジャーナリストたちの勇気を想像してごらん。彼らはあらゆる迫害を受けた――殺人、爆弾、脅迫、誘拐、国外追放、論難……だが、毎日、彼らは仕事の場を守った。私らみたいに、何が起きているかを理解する手段を他に持たない者たちのために。これは大事なことだった。私は、自分がその仕事を尊敬しているジャーナリストたちに手紙を書こうと何度か考えた。だけどそうする勇気がなかった。そして時が過ぎた。私はしゃべりすぎだな」

「いえ、そんなことはありません」

「君は礼儀正しいな。いいかい、アブダラーの娘は学校の休みのあいだは父親に会いに来ていた。それ以外のときはカビリアの祖父母のところで暮らしていた。母親が死んだあと、医者が街を離れることを勧めたんだ。小柄で、とても内気で、めったに笑わない女の子だったよ。いつも中二階にいて、床に腰を下ろして本を読んでいた。そのときは、彼女は微笑んでた。シャルロはこの場所に何か美しいもの、外で起きていることよりも偉大な何かを残した」

リヤドは身動きしない。男は泣かないものだと知っているが、ムーサの目の中に涙が浮かんでいるのを確かに見る。リヤドの招待主は大きく息をついて、また話し始める。

「アブダラーはいつか私にこう言った。作家が、あるいは少なくとも作家が想像することのできるものが、娘の回復を助けてくれた、と」

ムーサの妻がやって来る。やさしい顔立ち、明るい目。リヤドに冷やかすような笑みを投げかける。リヤドは、彼女が自分の頭にバケツの汚水をかけた女だとわかる。あとに小さな女の子が続く。リヤドは、カールした髪がくしゃくしゃに乱れているのを見ると、ベッドから出たばかりのようだ。リヤドは娘に父親と同じアフリカ大陸の形をした痣があるのに気づく。

彼女は、ウィンクしているミッキーマウスの図柄のスウェットとズボンを組み合わせたパジャマを着ている。踵を接して、疲れた顔のアブダラーが、右手で忙しく数珠をまさぐりながら現われる。女主人は、クスクスに加えて、ケスラのついたたっぷりしたサラダに肉の皿、それにヒヨコ豆の料理ビスミラを運んでくる。食事の最中、娘は父親に絶対バカンスに出かけたいと言う。ムーサの表情が曇る。

「私たちは海のそばに住んでいる。ここで一年中バカンスしているようなものだ」

リヤドは女の子に微笑みかける。

「君にあげる本が書店にあるよ、もしよければ」

「ううん、本を読むのは好きじゃない。お絵かきが好き」

アブダラーは怖い目で女の子をにらむ。少女はそれからつけたす。

「でも、私のクラスに本を読むのが大好きな男の子がいるの。その子、家に本を持ってないのよ。あなた、その子に本をあげられるかしら?」

「オーケー、君の学校に持っていくことにしよう」

「学校、どこにあるか知ってる?」

アブダラーが口をはさむ。

「食事が終わったら二人でちょっと散歩に出て、私が教えてあげよう」

リヤドは、先に立って暗い路地を行く老人に従う。二人は看板の出ていないビルの前で立ちどまる。一人の男が、疑り深い様子でドアを細目に開ける。アブダラーを見て、その表情が晴れやかになり、二人に入るよううながす。彼らは小さな中庭を横ぎり、正面に亀裂の走った建物に入る。地下に降りると、壁は焦げたような黒っぽい灰色をしている。あふれたゴミ箱、うなり声をあげるやせこけた猫たち、表紙の破けた何冊もの歴史書、ブラウン管の割れたテレビ、足のもげた椅子などの前を通って、煙が充満した広大な穴倉に入りこむ。たばこの煙があまりに濃く、それを通す光が柔らかいので、そこにいる客たちの数がどれくらいかは測りがたい。厚化粧の女が一人、ドアの前で電話をしている。

「愛してるわ。いいえ、愛してる。やめて、愛してる」

リヤドはアブダラーのほうに身をかがめて尋ねる。

「ここはどこ？」

「サイードの店だ」

「サイードの店？」

「そう、ときどき、夜ここを開ける」

「でも……どういうこと？　ここはカジノ？　バー？」

「ちがう、ちがう。ただたばこを吸って討論する場所だよ。サイードは朝まで営業する免許を持っていない。それで、ここではすべてが厄介になった。ただ集まるだけでもすごい数の認可が要る。今は官僚主義と疑いの時代だ。そんなわけで、こっそり集まる。常連だけで。ぶらついて同じ年代の連中の話に加わるといい。私は弁護士たちを見かけたから、質問攻めでうんざりさせに行く」

リヤドはためらい、テーブルに近づく勇気がなくて、けっきょく三十代くらいの女性たちのグループのそばに一人で座る。彼女たちは、ずっと年輩の、小さい奇妙なサングラスをかけた金髪の男といっしょだ。女性たちの前のテーブルには二十冊くらいの本が置いてある。女性たちが一冊ずつ順番に男の手に本を渡すと、男は何か言って、彼女たちのあいだに笑いと拍手が起こる。彼女たちのひとりがリヤドのいぶかしげなまなざしに気づいて不意に言葉をかける。

「ユセフのやることに私たちが何でこんなに興奮しているか、不思議に思ってるんでしょう、そうよね？」

「ええ……」

「ユセフはね、目が見えないんだけど、どんな本でも表紙にさわるだけでそれが何か言いあてて、その一節を暗唱することができるの。問題を出してみたくない？」

「オーケー」

　リヤドは一冊、ユセフの手に滑りこませる。アンリ・ボスコの『農民テオティム一家』。表紙は真っ白で美しく、伝統的なものだが、ＮＲＦの赤い文字が浮き出ている。ユセフはそっと本を撫でてから、ぐるぐる回し、臭いをかいでから、つぶやく。

「八月、私たちの村では、日が落ちる少し前に厳しい暑さが野原をあぶる。夕食の時間を待つあいだ、薄暗がりの中、自分の家でじっとしているほど良いものはない」

　女性たちはあらためて拍手喝采する。リヤドは負けを認める。アブダラーを探すが見当たらず、結局一人で帰る。通りは、ところどころにある街灯とかすかな月光で、かろうじて明るさがある。

　アルジエ、夜。

アルジェリア、一九五四年

十月十日、カスバの北、バブ・エル・ウエドのごく庶民的な地区にある一軒の家に、六人の男が集まる。数か月前に、武装革命勢力はきわめて秘密裡に編成された。十月三十一日から十一月一日にかけての夜間に反乱を開始することが決定されていた。

十月二十四日の日曜日、六人は、カイロから海外の新聞社に発送することになっている宣伝ビラの見直しをする。彼らの手段は非力なものだ——国中に分散し、わずかな戦闘訓練しか経験していない千人余りの人間。資金もない。数百の武器。そしてなにより、あらゆる手段を使って説得すべき多くの民衆がいる。集会は終わり、六人はマジェスティック映画館からさほど遠くないペリシエ兵舎の方へ道を下り、とある写真館に入る。スタジオで、彼らはこの特別な機会のために身支度する。縮れた髪を整えようとし、ネクタイをきちんと締める。そこにはスツールが二つしかない。彼らはよく考え、写真屋は自分の意見を述べる。結局、カリーム・ベルカーシムとラルビ・ベン・ムヒディが前列に腰かけ、後ろにラバフ・ビタート、ムスタファ・ベン・ブーライード、ディドゥーシェ・ムラド、ムハンマド・ブーディアフが立つ。「いいですか、もう動かないで」。カシャッ。男たちは、この写真が世界中をかけ回ること、半世紀後まで学校で生徒たちに見せられ続けることを知らない。

ちょうどそのころ、警察庁の部長ジャン・ヴォジュールは、自分が何度も繰り返し警告したのに真面目に取りあげようとしない上司たちに悪態をついている。この男は緊張している。何かが起こっているのだ。しかしフランス本土では、四五年の虐殺によって原住民のあいだでのあらゆる反乱の芽はつんだと考えられている。ディエン・ビエンフーでは、ホー・チ・ミンの軍隊がフランス軍に手ひどい敗北を味わわせていた。フランスは、かつてないほど植民地アルジェリアの平穏を必要としている。

午前一時十五分、アルジェリア全土で公的な建物を狙った襲撃が行なわれる。死者は十人、うち四人は軍人だ。政治声明が多くの主要都市の新聞に送られ、フランスのアルジェリアからの撤退を要求する。十一月一日の朝は凍りつくような寒さだ。目を覚ましたばかりのわれわれはラジオで前夜の事件を知る。空の白さ、光の白さ、そして顔色の白さ――ひと晩でアルジェリアからは色が消える。それ以外にこの国を言い表わす方法はない。太陽さえ白い。

そして突然、すべてが大きくゆらぐ。

われわれアルジェリア人は狂信者、恩知らず、あやつられた子供になる。われわれの襲撃は残忍であり、われわれの犯罪は忌むべきものであり、われわれはフランスに値しない。若者たちは半裸でベッドから引きずり出され、警察のバスに乗せられる。当局はぐずぐずしない。外出禁止令が出る。われわれはみな、おどされ、監視されている。乱闘が起きる、こぶしや頭突きで。カフェでは、われわれはもう夕方のカードゲームをやらない。揚げ物屋は、兵士たちが前を通ると、うなだれる。アルジェリアの極右は総力を挙げて宣伝ビラをまく。ほうぼうで脅迫やストライキが起こる。憎悪と恐怖のまなざし、欲求不満と怒りのまなざしが交差する時代だ。ある濃密な混合物がわれわれを包み、飲みこむ。

われわれは二度と平穏に眠ることはないだろう。

エドモン・シャルロの手帳
アルジェ、一九五九年──一九六〇年

一九五九年十月八日

アルジェの空気は緊迫している。アルジェリアの独立に賛意を表しているジュール・ロワの首には、極右の秘密軍事組織ＯＡＳによって賞金がかけられている。ニューヨークでは、ＦＬＮ（民族解放戦線）が今後は代表団を有するが、この若きアルジェリア人たちが三年間も、国連にアルジェリア問題を認めさせるために戦っているのを目にするのはかなり衝撃的なものがある。二年前の原住民商店主たちのゼネストは軍隊によってつぶされ、力ずくで店を再開させられた。この出来事は、ＦＬＮのリーダー五人を運んでいたモロッコ国王の飛行機のフランス政府によるハイジャック同様、すべての人の心に刻印を残した。軍隊が行なった恐ろしい拷問についての証言が増大する。世界中いたるところで、フランスにこのひどい戦争をやめるよう声が上がる。なぜならこれはまさに、「事件」という名のもとに隠された戦争だからだ。

一九五九年十月十二日

ムルード・フェラウーンと夕食。僕は、彼が小説『貧者の息子』の原稿を送ってくれなかったことを責めた。彼はにっこり笑って、やさしい声で、一九四五年に僕宛に写しを一通送ったと言った。

ムルードはまだ覚えている。四月六日に、シャルロ出版のレターヘッドのある手紙を受け取ったことを。すごく興奮して封を切ったが、中には受取証がたった一枚。彼はそこに書かれたとおり、辛抱強く待つ。この話を人にする勇気もなく、いつか出版されることをあえて夢想する気もなく、この、読み書きを習ったことさえ奇跡に近い小柄なカビリア人は待つ。そしてついに八月の、やはり六日だったが、〈シャルロ出版〉の商標を押した新たな手紙が届く。彼は僕にそれを見せた。一通の手紙、ああ、ひどくそっけなく、人間味のないその手紙には、「ノー」とあった。そして「企画審査委員会は貴殿の小説を検討の対象として取り上げません」と。この返事は、彼の文章――幼年時代への、優しさと寛大さに満ちた感動的なオマージュ――に対する侮辱だ。ジャン・アムルシュはこの件について僕にひと言も告げなかった。ミスか？　嫉妬か？　僕は呆然となった。ムルードはそれでも『貧者の息子』を自費出版したが、そのあとこの作品はロブレスの紹介でスイユ社にたどり着いた。ムルードは僕に次のように話してくれた。彼のこの小説はアルジェリア文学大賞の候補作になったが、選考委員会は作品を称賛しながらも、賞を一人の原住民に与える決心がつかなかった。代わりに何千フランかの奨励金を提示されたムルードは、それを受けなかった。

一九五九年十月十四日

アムルシュとフェラウーンの件から立ち直れない。実際に何があったのかわかる日が来るのだろうか？

一九六〇年一月四日

カミュが！

一九六〇年一月五日

電話がかかってきたとき、ある絵画の賞の授与に立ち会っていた。向こうの電話口にいるのが誰だかわからない……その人は泣いている。「彼が死んだ」と繰り返しながら。彼女が誰について話しているのかわかるまで、少なくとも五分かかった。

一九六〇年一月十九日

母方の祖母が亡くなる。血がつながっている母の最後の親類だ。九十六歳、アルジェ郊外のビルマンドレで逝去。一月は悲しい月だ。

一九六〇年四月九日

ここは恐ろしい場所だ。外出しないよう言われるが、もちろん働かなければならない。外出を控えるよう新聞で書く連中は、僕らがどうやって生活費を稼ぐと思っているのだろう?

一九六〇年四月十一日

きのうはカフェで活発な議論。知らない同士の誰でもがしゃべれるカウンターで。僕は言った。「市民を殺すこと、街灯の下に爆弾を仕掛けたり、家政婦や郵便配達をアラブ人だからといって殺すのは破廉恥で極悪なことだと思う」。仲間たちは気をつけるよう忠告する。だが気をつけるとは、何に、誰に？

一九六〇年四月十七日
ここの書店や、二の二の書店のほうにも、訪れる若者が、そして本を買う金を持たない若者がどんどん増えている。都合がつくときはいつでも、僕は自分の好きな本を彼らにそっと手渡して言う。「持って行きなさい、また今度払ってくれればいい」。そして彼らは、数週間後あるいは数か月後にふたたび現われる、僕に返す金を持って。

一九六〇年六月七日
きのう、二十歳くらいの若者が一人、原稿を持ってやって来た。その若者は僕と目をあわす勇気さえないようだった。彼はこの土地の人々についてのすごくいい文章を書いていた。
ロブレスと、彼が協力を承諾してくれた雑誌の計画について議論。少なくとも六号までは資金調達ができている！　友達みんなといっしょに十月始動だ。創刊号はカミュを称える特集で、来年一月に出す。ロブレスはその号に協力できそうなスイユ社の作家たちのリストを提出してくれる。

一九六〇年九月九日
またテロだ。ＯＡＳのおどし。下劣な奴らだ。

一九六〇年九月十一日
今の時期、この地で、雑誌を始めるなんて頭がおかしいに違いない。しかし、今これをやらなければ、手遅れになるだろう。

一九六〇年九月二十四日
アルジェリアの若い召集兵に配られたビラを見せられる。問題は、こういう馬鹿げたものを印刷するための用紙が常にあるということだ。
「一八三〇年、われわれの最初の兵士たちが上陸したとき、ここには国家も、王も、政府も、国民もなく、明確な国境もない部族がいるだけで、部族同士はたえず戦争状態にあった。全土は無秩序のただなかだった。遊牧民は村々を略奪していた。都市は農村から金を奪っていた。唯一の法――それは最強者の法だった。
（……）その上、未来がある、君たちの未来だ。アルジェリア南部の砂の下に埋まった石油鉱床は一年に六千万トンの産油量があると見積もられている――フランスの消費量の四倍だ。さらに国境のサハラ砂漠のあたりには、鉄、銅、マンガン、そして世界最大のリン鉱石の鉱脈がある」

一九六〇年十月六日
客たちが何か月も前から僕に尋ねる。ここで何をやるのか、どこへ行くつもりなのか、将来どこへ行くのか、と。僕はここにとどまる。ここが僕の家だ、それに、よそで何をやれというんだ？

一九六〇年十月九日
銀行はフランス本土への大量の資金移動で動転している。僕は何も出版できない。雑誌の計画は中断だ。

一九六〇年十月十七日
〈百二十一人宣言〉の署名者のうちのある者は処罰されたり、国家のあらゆる保護から除外されると知る。ヴェルコールはアルジェリアにおける拷問に抗議してレジオン・ドヌール勲章を拒否した。あらゆる家族が、国の将来に関する問題で、激しくののしりあう。

第六章

クレールとの最初の朝。部屋は冷えきっていた。クレールが羽布団をもち上げたとき、リヤドは彼女の爪がコバルトブルーに塗られているのを見た。リヤドはクレールが赤い革の手帳に単語や文章を書くのを眺めていた。そしてひそかに、自分のことを書いていてくれればいいなと思った。「私についてよ。昔の話」クレールはにっこり笑いながら言った。クレールはきれいだ。若く、ほっそりして、青く冷たい目をしている。青という色についての問題点は、それが人をとりこにするということ。自分を見失ってしまう。夢中になってしまう。

クレールは眠っているとき、よく何かぶつぶつつぶやく。だが彼女は、何でもない、ただの悪夢、間違って通った雲だと言う。そして羊の数を数え、微笑みながらまた眠りに落ちる。街では、クレールは速足で歩き、いつもあとをつけられているような感じがして、ときどき後ろを振りかえる。しつこく見られている気がして、走って家に帰ることもある。彼女は自分の不安を一笑に付し、人を面白がらせようとする。ある日、リヤドはクレールがソファで体を丸めて寝ているのを見つける。リヤドは彼女の手をとる。手は熱く、柔らかく、ちょっと乾いている。クレールは身を起こす。「私はこのアパートがいいの。ここはすごく新しいけど、もう古い匂いがする。私はあなたといっしょにこの、すごく壊れやすい物語の中で気持ちがいいの」

リヤドはいらだっている。このまやかしの実習をできるだけ早く終えてパリへ帰り、またクレールに会いたい。もう自分がパリへついて、大きなベッドで彼女が眠っているのを見つけ、隣に身を滑りこませるのを想像している。彼女はぶつぶつ言いながら、彼に腕を回し、首にキスするだろう。

《真の富》書店の大きなショーウィンドー越しに、次々と水たまりに映る雲が見える。雨の日のこの街は陰鬱だ。雀のさえずりだけが朝の平穏を破る。アルジェで幸せになるのはけっして簡単ではない。書店を片づけて逃げ出すのさえ、果てしのない叙事詩に変わる。

リヤドは仕事に戻る。『日々の円環』という本に献辞があった。「エドモン・シャルロに。

友情をこめて。『日々の円環』への心配りに感謝を。ジャン・ジオノ、三七年八月」。リヤドはその本を自分のスーツケースに入れる。クレールへの贈り物。棚板の裏に二枚のモノクロ写真が落ちているのが見つかる。一枚には男たちのグループが写っている。裏に黒インクのほとんど判読できないような字で、こう書かれている。「アムルシュ、フーシエ、ロブレス、シャルロ」。もう一枚のほうは、大きな帽子をかぶって木にもたれている女の写真で、裏にはただマノン・シャルロとだけある。リヤドはこの二枚の写真もスーツケースにしまう。アブダラーのらしい子供っぽい字で升目が几帳面に埋められた百枚ばかりの加入申し込みカードは、ゴミ箱に捨てる。

日が落ちるころ、誰かがドアを叩く。例のミッキーのパジャマを着た隣の娘が手で合図をする。リヤドがドアを開けると、娘は皿をさし出す。

「これ、ママから。持ってって食べてもらえって。あんた何もなくて、飢え死にしちゃうから、同情しなくちゃいけないって」

「ああ、じゃあママに僕からありがとうって言って」

「牛肉団子のトマトソースよ」

リヤドは足元にある本の表題を眺めながら、貪るように食べる。皿を洗面所で洗い、上に行って、服を着たままマットレスに寝そべる。屋根の上空を飛ぶ飛行機の爆音が聞こえる。その白い巨大な骨組みと乗客たち、機内の暗闇、見えない夜の飛行機雲を想像する。クレールといっしょのプロヴァンスを、仲間のグループを思いおこす。リヤドは思い出す。満天の星とクレール、彼女の乱れた髪、いつも赤い鼻の先、柔らかい手、爆笑、海岸で突然襲ってきた雨、焼いた魚、茹でた魚、揚げた魚。リヤドは心の中で、砂浜沿いに歩く。大きな黒い石を避け、小道を選んで。一軒の家の塀の上を這(は)いのぼって咲いている花々。

もう飛行機の音は聞こえない。

仕事はほとんど済んだ。リヤドは棚を取りはずす。埃のあとだけが、何年にもわたってそこに本が並べられていたことを示している。

アブダラーは歩道にはいない。戸口の階段で、馬面の女が腋の下に偽物の香水をふりかけている。リヤドは嫌な顔で見る。彼女はそれに気づいて叫ぶ。

「何してるの？　何が欲しいの？」

リヤドは答えない。

「プシュー！　目をつぶしてやる、見なよ、変態小僧。ほら、失せな。何かでたらめをぬかしたら、軍隊にいる従兄弟に言いつけてやる。従兄弟はあんたを砂漠に流しちまうよ。ジャッカルの餌食さ。ちんぴらめ！」

リヤドは急ぎ足で路地に入っていく。ここに来てからはじめて、アルジェのこの界隈にも穏やかさがあることを発見する。人けのない商店や、門の閉まった小学校や、市役所の別館の前を通る。別館の入り口には、開館時間と、いかなる用件にも身分証明書の携行が必要と書かれた紙が貼ってある。一台のグレーの車、二人の男が乗ったルノーがリヤドに並びかけてくる。リヤドは二人をちらっと見る。二人とも口髭を生やし、サングラスをかけ、グレーのスーツを着ている。リヤドが右に曲がると、車も右折する。いらいらしたリヤドは大きな雑貨店に飛びこむ。子供たちの後ろから買い物袋をもって出てくる母親に押しのけられる。

彼は店員に呼びかけ、青いペンキはないかと尋ねる。

「どんな青？」

「コバルトブルー」

「ないね」

「じゃあ、ネイビーブルー」

「それもない」

「スカイブルーは？」

「ああ、ないね」

「薄いブルー」

「いや、それもない」

「何色でもいいけど、ペンキはあるの？」

「ないよ。ねえ、あんた、ずっと前から、ペンキの輸送と供給にトラブルがあってさ……」

「じゃあ、あなたの後ろの〈ペンキ〉って書いてある大きい罐は？」

「ああ、これ？　これは何でもない、ただの陳列用の見本」

「わかった、わかった、もういいよ。それで、あなたの後ろのキャスターつきの青い箱、それは売り物？」

「ああ、そう、これは売ってるよ」


リヤドはぶつぶつ文句を言いながら、書店の方へ戻っていく。馬面の女はもういないが、さっきのグレーの車、ルノーが今度はそこに駐まっている。車内では、エンジンを切って二人が新聞を読んでいる。リヤドはバケツに水を満たし、ジャヴェル水を注ぐ。雑巾を用意してから、床を新聞紙や紙きれで覆う。敷いた紙が足の下でガサガサ音をたてる。リヤドが書店の壁を洗剤で洗いはじめると、壁はすぐにずっときれいな外観を取りもどす。例の車は、相変わらず歩道に駐車している。罰金を取られるかもしれないのに、まったく気にしないかのようだ。日が沈むころ、リヤドはようやく拭き掃除をやめることにする。熱心に働いたせいで、暑かった。汗びっしょりだったが、外は気温がぐっと下がっているのはわかっている。部屋の黴臭さ(かびくさ)がジャヴェル水の匂いに変わる。リヤドはあたりを見まわして、頭の中で、この先やるべきことのリストを作る。

本を処分する。

備品を捨てる。

マットレスを捨てる。

机と椅子を捨てる。

冷蔵庫を捨てる。

荷物をまとめて、クレールがまだ青いマニキュアをしていることを期待しながら、再会するためにパリへ帰ること。

クレールにキスすること。

クレールを笑わせること。

リヤドは明かりをつける。ずっと昔、この同じ場所に、作家や、詩人や、画家がいた、と彼は考える。もうたくさんだ、この話すべてが、僕には頭痛の種だ。

リヤドは乱暴に本を何冊も手にとって、キャスターつきの青い箱に入れる。それを店の外に押し出して、「無料、すべてご自由にお持ちください」と書いたメモ用紙をはりつける。

グレーの車から二人の男がリヤドを見ている。一人がくわえたばこでポケットから携帯電話を取りだし、番号を押す。リヤドはカフェ、〈シエ・サイード〉の方に向かう。暗い空は彼の頭上に巨大な屋根のようにかぶさり、カフェまでの距離はいつもより遠いように思える。彼は疲れきり、熱っぽい。仕事を片づけなければ。

アブダラーは新聞を読みながらコーヒーを飲んでいる。リヤドは黙って彼の前に座る。この夕方、客たちは常より見知らぬ人が多く、ずっと興奮してもいる。突然、地の底から轟(とどろ)きが起こる。工夫が一人、削岩機で道路に穴を開けており、別の二人が穴を見つめている。数分後、工夫たちは仕事を中断する。みな工具を置いて、カフェに腰を据える。通りには、髭をのばした男たちや、若者や子供や動物の集団、大きな薄型テレビをえっちらおっちら持ち運ぶすごく小さい男、自分の家に帰る大勢の名も知らぬ人たち。顔を緑と白と赤に塗った若者の一団が巨大なアルジェリア国旗を振りながら走っていく。リヤドは笑って彼らを見送る。若者たちはわめき、踊り、歌っている。車がクラクションを鳴らす。街灯がともり、緑がかった明かりが広がる。電球が割れていて、つかない街灯もある。リヤドはとうとう沈黙を破る。

「面白いニュースでも？」

「工場で大きな事故があった。死者三人」

「何があったの？」

「まだ不明だ」

「調査が始まるのかい？」

「ああ、もちろん。私が八つか九つのときだがね、植民地農場でひどい事故があった。一人のアルジェリア人が——まあその当時は原住民と呼ばれていたんだが——欠陥のある荷車の下敷きになった。ヌールディーンは三人の子の父親だった。乗っていた荷車がひっくり返り、恐ろしい勢いで投げ出された体の上に車輪のひとつがのしかかったんだ。あの時代、原住民に捜査権はなかった。そういうことだったと告げられるだけで、誰も罰せられず、哀れな男は埋葬された」

「なぜそれをおぼえているの？」

「それが私の見た初めての埋葬だったんだ。こんなことを言うのは恥ずかしいのだが、実のところ私は、その出来事にすごく興奮していた。大人たちはとても大きく見え、まるで巨人のようだった。彼らの態度は自信に満ちていた。びくともせずに、白い経帷子にくるまれた遺体を持ちあげた。みんな悲しそうだったが、私は巨人のことを考えずにはいられなかった。巨人のお話が大好きだったんだ。母が私のために巨人のお話をたくさん考えてくれた。母のお話では、地球にはもともと、巨人がいっぱい住んでいたが、人間が意地悪だったので、神様が私たちを小さくしてしまったという。私は自分が悲しまなくてはいけないことはわかっていた。ヌールディーンのために祈らなければならないということも。だが、うまくできなかった。前の晩に、悲嘆の叫びに満ちた通夜があった。生まれたての赤ん坊たちの泣き声、故人の逸話を思い出している女たちの笑い声、そして涙。そういう音が私の夜を静かに揺さぶった。男たちは外に集まり、怒りをあらわにしていた。安たばこを吸い、足を踏み鳴らし、厳しい冬の寒さに抗して体を温めるために跳びあがり、涙をぬぐっていた。父は私を墓地まで連れて行くことにした。母がこの子は小さすぎると言って反対したが、私は男たちといっしょにいたかったので、父の手に引かれて行くときはすごく気分が良かった」

「で、あなたはなぜ、肩にシーツを巻いているんですか？」

「これは私の経帷子だ」

「あなたの何？」

「私の経帷子。これにくるんで埋葬してもらう」

「それは怖い話だ。なぜそんなふうに四六時中身につけて持ち運ぶんです？」

「誰にも迷惑をかけないために。神が私を召される日、すぐに埋葬してもらえるから、友人たちに迷惑をかけないで済むだろう」

「でも……」

「君が私の年になって一人ぼっちだったら、わかるだろう」

ウェイターがコーヒーのお代わりを持ってきて尋ねる。「試合を見るために残ってるんですか？」

「何の試合？」リヤドが訊く。

「え、何の試合かって、今日の試合ですよ」

「どことやるの？」

「フランスですよ！　親善試合、荒れますよー……五分後にはアルジェリア中がテレビの前で代表チームを応援してますよ」

「だけど、負けるよね？」

「何を言うんですか、縁起でもない」

工夫たちがリヤドに険悪な視線を投げかける。ウェイターはまた勢いづく。「さあ始まりますよ！」

彼は照明を消す。若者たちは興奮してどなり声をあげながらテーブルを叩く。学生たちがビールを注文して一気飲みする。アブダラーが立ちあがり、リヤドはあとに続く。二人はカウンターに座る。「ここは試合を見るには特等席だ」暗い眼つきをした数人の無口な常連は酔っているが、テレビ画面から目を離さない。フランスチームが競技場に入ってくると、何人かの客からブーイングが起きる。ほかの客が応酬する。「しーっ、黙って。彼らに敬意を払え、馬鹿めが」

一人の酔った老人が、赤・緑・白に顔を塗った若者たちに声をかける。

「まるで道化だな」

「ああ、爺さん、やめろよ。同じことばかり言うな」

「お前たちはサッカーを見るのにまるでオカマみたいな化粧をするんだな、へっ」

「黙れ、俺たちにかまうな！」

「俺は、俺の時代には、俺は堂々としてた。そりゃ何だ、そのとんでもない髪型は」

「うるさいぞ、おいぼれ！」

「偉大な、あれは偉大な選手だった。お前たちは何も教わってないのか、阿呆どもが！一九五八年の四月十四日、俺は、そう、十四だった。あれはワールドカップのひと月前だ」

「そんなこと、どうだっていい！」

「二人の男がラシッド・メクルーフィの病室を訪問する。ラシッドは前の年のフランスのチャンピオンチーム、サンテティエンヌの花形ストライカーだ。二十一歳だった……お前たちはいくつだ、え？　彼は前日のベジエとの試合で負傷して、安静にしている。病院に来た男のひとりはモクタール・アリビ、アヴィニョンのコーチだ、アヴィニョンを知ってるか？　知らない？　お前たちは何にも知らん、無知な連中だ。もうひとりはアブデルハミド・ケルマリ、オリンピック・リヨンに属している。三人はセティフの出身だ。四五年五月の虐殺以来、彼らの頭にはたくさんの大事な記憶が残っている。二人はラシッドに、自分たちといっしょにアルジェリアの代表チームを作らないかと持ちかける。そのためにはラシッドはひそかにフランスを離れなければならないだろう。すべてを捨てなければならない。友人も、ワールドカップ出場の夢も。それもすべて、実際には存在しない国の存在しないチームに参加するために、だ。ラシッドは即座に引き受ける。二人はほっとする。彼らは、もし必要とあれば、彼に金を与えるように言われていたが、ラシッドは何も要求しない。フランスの兵士でもあるラシッドは、脱走兵となることも、世界チャンピオンになるという考えを捨てることも、受け入れる。彼は弱冠二十一歳だ、俺、そう言ったよな。ああ、オーケー」

「だが、あんたは黙るよな、なっ？」

「同じことをする人間が結局十人ぐらいいる。彼らはスイスかイタリアとの国境を越えて、チュニジアで合流する。途方もないリスクを冒したんだ」

「ええい、くそっ、フランスのゴールだっ!!」

「どの新聞にも書かれる。〈アルジェリアのイスラム教徒のフランス人九人がそれぞれのチームから失踪〉、〈ＦＬＮのチーム〉、〈アルジェリアの戦闘員のチーム〉。馬鹿げてる。秘密は完璧だった。誰も知らなかった。ＦＬＮでさえ知らなかったらしい。三日間というもの、世界中のラジオ局がこの事件を伝えた。フランス人は怒り狂った。世界中がわれわれアルジェリア人のことを耳にした。こんなとんでもない話、聞いたことあるか？　アルジェリアのチームが結成されたのは、町なかの空地だったんだ。彼らは世界を周り、六十五勝をあげた。フランスは彼らにゲームをさせないようＦＩＦＡに求めたが、多くの国が問題にしなかった。みんなこの話を大好きだし、この男たちに感動した。このチームは十年間アルジェリア人のために闘い、利益をもたらした。この話をしてるのは俺じゃない。フェルハート・アッバースだ。フェルハート・アッバース、このセティフの薬剤師が誰か知ってるか？　まったく、学校じゃ何も教えないんだな！」

「爺さん、聞けよ、そんなの知ったことか。ビールを飲んで試合を見てろ」

「いいか、小僧、連中は失敗するかもしれない計画のためにすべてを犠牲にしたんだ。銃殺されるかもしれない奴だっていたんだ。あの当時、フランス人の中には彼らを売国奴と呼んだ者もいた。ののしる代わりに、フランス人は考えるべきだった、自問すべきだった、前途有望な青年たちがなぜ、フランスに対してさほど正当とは思えない理由ですべてを投げ出したのかと」

ほろ酔いの若者が二人、アブダラーに近寄ってきて、彼の経帷子にさわる。

「ああいい手ざわりだ、こうやって撫でると……」

アブダラーは二人を押しのける。ウェイトレスが現われて、二人の厚かましい男を戸口に引っ立てていく。ウェイトレスの目は怒りに満ちている。戻ってきた彼女はシーツを整え、皺を伸ばし、アブダラーの額にキスをする。彼はにっこり笑ってウェイトレスに礼を言う。彼女はリヤドの方を向く。

「ハーイ、私のこと、覚えてる？　私はサラ。こないだの晩、サイードのところで会ったわね、友達連中と」

「ああ、そうか、目の見えない……」

「ユセフよ」

「ユセフ？」

「ユセフ、盲人じゃない、クレチン病。ファーストネームで呼んで」

「ああ、もちろん。それと、そうそう、あげられる本が山のようにあるんだ。取りに寄ってくれる？」

「明日、行く。一、二冊選ぶわ、ユセフが面白がりそう」

彼女はリヤドの隣に腰かけてゲームを見はじめる。二人の太ももがぴったり触れあう。若い女の熱い体温を感じ、髪や肌の香りがリヤドの鼻をつく。サラの赤毛に近い栗色の長い髪を見ないようにする。彼女はぴったりとした黒いパンツに、胸の線をきわだたせるブラウスを着ている。


ハーフタイムだ。クラクションが聞こえる、道はもう車で埋まっている。時おり、ビルの上階のバルコニーから人の声が響く。リヤドはこの間を利用して、そっと店を出る。グレーの車が乗り手ともども、あいかわらずそこに駐まっているのに気づく。誰か青い箱を持って行った者がいるが、本は地面に投げ捨ててある。本は水たまりに浸かり、取り返しのつかないくらい傷んでいる。しかも抜け目のないそいつは、リヤドがはった紙に「ありがとう」とつけ加えて、《真の富》書店の正面ドアにセロハンテープでとめてある。

パリ、一九六一年

雨が降っている。空は灰色だ。セーヌの河岸では風が強い。帽子をかぶった子供たち、ドレスアップした若い娘たち、革のバッグを持った人たち、繕ってはあるが小ざっぱりした服を着た人たち。家族連れで、あるいは友人たちとともに。笑いながら、あるいは深刻な顔つきで。みんないっしょに、フランスのアルジェリア人に課された専横的な外出禁止令に抗議して行進している。

あいつらアラブ人だ。アラブ野郎（メロン）だ。ごみアラブ（クルイユ）だ。ネズミだ。ネズミ野郎だ。糞だ。人間の屑だ。奴らをぶちのめす。奴らをぶち殺す。奴らを根絶やしにする。奴らを投げつける。警棒を使う。われわれ警察の武器を使う。煉瓦を使う。奴らをできる限り大勢殺す。

何十人も殺す。パリには無用な奴らを殺す、セーヌ川の前で、俺たちの記念建造物の前で、俺たちの木々の前で、俺たちの女たちの前で。奴らを殺す。奴らを殴る。奴らを水の中に投げこむ。アルジェリア人の体が泥水の中に沈むのを眺める。遠くに流れていく褐色の体。奴らを消すこと。すみやかに。すさまじい攻撃。パリでのアラブ人狩り。パリ！　パリは、警視総監パポンが指揮する警察の力を借りて殺す。つぶされた体。野蛮に。パリ市街での追跡。ためらわず、奴らを川っぷちからセーヌへ投げこむ。つぶされた体。銃床や警棒での殴打。ヴァンセンヌの森にぶら下げられた死体。セーヌ川は死体であふれる。解き放たれた憎しみ。騒音。混乱。横たわった体に、血だらけの頭に、なすすべもない人々に振り下ろされる警棒。パリ市民たちの沈黙。新たな攻撃。地面に横たわる人々。いたるところに血。救急車のサイレン。またも殴打、そしてセーヌ川の死体。一九六一年の一斉検挙。フランスからアラブ人を一掃する。街を浄化する。暗殺者たちを虐殺する。鎮圧。悲劇。パリは朝から殺す。警察と共和国保安機動隊（ＣＲＳ）と機動憲兵隊に加えて、当局は補充警官部隊つまりハルキ（アルジェリア戦争でフランス側についた原住民）で構成された部隊を動員する。情け容赦もない。最初の逮捕はデモ以前にすらなされる。侮辱、殴打、いやがらせ。力ずくで無理やり飲みこまされるたばこ。ジャベル水に混ぜられた水。暴力的な一斉検挙。アラブ人の顔を流れる血。折られた足。何度も殴り、犬を放つ。肌の浅黒い人間を壁の前に整列させる。彼らを警察のバスに積みこむ。通りの真ん中で縮れた髪をわしづかみにする。風貌を見て狩る。石を投げる。溺れさせる。当局はひと月にわたり、死体を引き上げるだろう。何日も休むことなく続く。セーヌの中の死体。後ろ手に縛られた体。自分のベルトで首を絞められた死体。ロープで縛られて水に突きおとされた死体。当局はアルジェリアの遺族に連絡するだろうが、遺族は何が起きているのか理解できないだろう。彼らはなんとか埋葬するだろう。パリ！

捜索されるバー。警棒の殴打。頭に拳銃の弾丸。無縁墓地への埋葬。腹の中に弾丸。身を守ろうとして地面に縮こまった死体。鉄棒と鉛を仕込んだ杖。パリ！　徹底した不審尋問。壁に向かわせる。青白い顔。血だまり。震える手。怯えた目。警棒で殴る音、銃床で殴る音、足蹴にする音。殴り殺され、捨てられるアラブ人。銃殺される者たち。何百人も。果てしない列。振り上げられる手。彼らを逮捕し、彼らを殴る。

日が暮れる。家々の窓が開く。怒りに満ちた顔、疲れきった体。女たちは「ユーユー」と悲痛な叫びをあげる。死者たちへの最後のあいさつ。

十月十七日の真夜中、『オプセルヴァトゥール』誌の創設者であるクロード・ブールデとジル・マルティネは、匿名のビラを発行したいという警官たちの訪問を受ける。四ページのビラは三十一日に出され、たんに〈共和国警察の一グループ〉とだけ署名されて、次のように主張している。「一九六一年十月十七日とそれに続く日々に、何の武器も身につけていない平和的なデモ参加者に対して起きたことについて、われわれは証言を提供し、世論に警鐘を鳴らすことを義務と考える。（……）この巨大な罠にとらえられたすべてのアルジェリア人は組織的に殴り殺され、セーヌ川に突き落とされたのだ」

何年も後になって、われわれが地中海の向こう側へ行くために国を出るのを見送る祖父母は、注意するように言うだろう。「フランス人は冷酷だよ」と。そしてわれわれは理解できないだろう。なぜならわれわれは忘れてしまっているだろうから。

エドモン・シャルロの手帳
アルジェ、一九六一年

一九六一年四月二十九日
非常に才能のあるルイ・ベニスティの製作になる、カミュを顕彰する記念碑の除幕式がティパサの遺跡の中心部で行なわれた。ほかの場所はあり得ない。碑には『結婚』の一節が刻まれた。「僕はここで、自分が栄光と呼ぶものを理解する。——それは際限なく愛する権利だ」
心の中が整理できない。

一九六一年七月三日
アムルシュについての噂。彼は僕に関する多くの誹謗中傷の大元で、公金横領を問題にし、ポーランに僕が〈不誠実〉だともらしたという。そういう噂を言いふらす者たちに、僕はそんなことに関心がないとわからせようと試みる。アムルシュは友達だった。ほかのことは問題じゃない。**僕らはみんな友達だった、そのとおり、それがシャルロ出版だった。**

一九六一年九月五日
ミシュレ通りの僕の書店にOASの仕業と思われるテロ攻撃。僕らはこれが何かの間違いで、どこかよそを狙ったものと考えている。すべてはうまくいっている、たとえ僕がこれによって在庫の約二〇パーセントを失ったにせよ。

一九六一年九月七日
今すぐ、建物の修理と後片づけを始める。僕はまだ動揺している。

一九六一年九月十日
新しいドアと修理した飾り棚。家族をパリへ送り出す。

一九六一年九月十五日

僕の書店〈岸辺(リヴァージュ)〉がプラスティック爆弾による二度目の爆破被害を受ける。

すべてが破壊された。

下劣な奴らだ。

一九六一年九月十六日
僕の書店はめちゃくちゃにされた。すべてを失った、完全にすべてを。カミュの読書ノート、ジッドやアムルシュたちとやりとりした手紙、大量の本、資料、写真、原稿が吹き飛ばされた。僕の貴重な記録文書は灰燼(かいじん)に帰した。上の階も吹き飛ばされた。数冊の本と僕個人の手帳だけが残った。人生がすべて瓦礫(がれき)と化す。頭がおかしくなる。これは何のメッセージなんだ？　奴らは何を破壊したかったのか？　誰を脅したかったのか？　せいぜい二十歳過ぎの『アストゥリアスの反乱』の出版者？　ヴェルコールの出版者？　あるいは『アルジェリアはフランスとして幸福に生きるだろう』の出版者？　反抗的な出版者、それとも、つい最近カフェで声高に、毎日アラブ人を殺している爆弾に反対すると語っていた男？　モモやその他の人間の友人？　そう、モモ……変わらぬ友モモは、建物の残骸の中に……モモ、カスバの吟遊詩人モモは僕に会いに立ち寄り、僕のポケットに巻いたお札を滑りこませた。それは彼の貯金のすべてだった。

一九六一年九月十七日
ショーウィンドーは破れ、戸口の敷居にガラスが散らばっている。壊されたシャッターの金網。瓦礫と紙屑。
もう一度やり直す力は僕にはもはやないだろう。

一九六一年九月十八日
救い出されたものは、二十トンの瓦礫と紙屑だけか？ カミュの原稿、ジオノからの手紙、雑誌の組見本、三六年以降僕が出版した本、祖父から遺贈された本……すべてが瓦礫と紙屑だ。

一九六一年九月二十四日
もう一スーもない。アルジェにただ一人。この瓦礫といっしょに。

一九六一年十月五日
ここを出るよう言われる。家族はフランスからしょっちゅう手紙をよこすが、僕はアルジェを離れられない。こういう事態はみな一時的なものだ。

一九六一年十月十二日

アルジェのラジオ局フランス5のディレクター、ジョルジュ・ドゥルエが救いの手をさし伸べてくれる。情報番組の監督役に任じてくれて、芸術顧問の仕事もくれる。

一九六一年十月十九日

カミュについてのルポルタージュ（さらにまた一冊）を準備しているあるジャーナリストが僕に、ものを書くようあなたが励ました人はいますか、と尋ねた。一人だけではない、大勢いる。彼に僕のやり方を教えた。

机を一脚、錠前つきの引き出しが一つついた、できるだけありふれたものを買いなさい。引き出しを閉めて鍵を捨てなさい。

毎日あなたの書きたいことを書いて三枚の紙を埋めなさい。

その紙を引き出しの隙間から滑りこませなさい。もちろん読み返さずに。一年の終わりにあなたはおよそ九百枚の原稿を手にしているだろう。どうぞやってみて。

第七章

朝、リヤドは書店に残っている本の数を数える——六十冊。ほかはぜんぶ水に濡れてしまった。選り分けて、子供向けの絵本は別にしておく。

通りにはずっとあの嫌なグレーのルノーがいる。前を通るとき、後部座席に青いしみが見えるように思う。リヤドは急いでいくつもの路地を通りぬけ、最後に、あの小さな隣人が通う小学校の前で立ちどまる。子供たちに本を贈りたいのだと、守衛に告げる。守衛は頭のてっぺんを掻き、リヤドを上から下まで探るように見てから、門の前で待つように言う。鉄格子を通してリヤドは校庭のようすを見る。菜園や、チョークで線を引いたサッカーコートがあってすごく魅力的だ。木製のベンチがいくつかあり、子供たちが座って、秘密や、チョコレートのかけらや、夢を分けあっている。縞のTシャツにサロペットを着た褐色の肌の小さな男の子が柱の上に登ろうとしている。つるつる滑って、尻から落ちることを繰りかえす。男の子は向こう見ずにもまた戻っていく。

ようやく守衛が、腹の出た男といっしょに走って戻ってくる。

「こんにちは、こんにちは。えー、本を寄贈なさりたいとか？」

「こんにちは、僕は一軒の書店を空ける仕事をしてます。で、子供向けの本があるんです」

「ああ、いや、それは素晴らしい、ほんとに素晴らしい。あなたみたいな人がもっと大勢いるべきだ。ご両親の自慢の種でしょう、いや素晴らしい」

「どうも……、ほんとに、大したことじゃないんです……。えっと、二十冊くらいあって、今日すぐにでも持ってこられます」

「ああ、とてもありがたいが、そうはいかないんですよ」

「どうしてです？」

「いいですか、私たちは個人的な寄付を受けることは許されてないんですよ」

「本でも駄目なんですか？」

「そう、何があるかわかりませんから」

「わからないって、何が？」

「たくさんあります、ものすごくたくさん！　誰が書いた本か、誰が出版したのか、誰が印刷したのか、誰が売ったのか、誰が運んできたのか、誰が読むか……いや、いや、ほんとに、無理ですね」

「でも、僕は本を捨てるつもりはなくて、回収を……」

「いいですか、文部省の視学に手紙を書いてください。その返事を待つ、ちょっと時間がかかるかもしれない。委員会に回さなければいけないからです。辛抱が必要でしょう。それから、私どもに本を持ってこられますよ」

「ですが……」

「以上です。そうしてください。さあ、良い一日を、そしてもう一度お礼を言います。子供たちは、あなたが彼らのためにやろうとしたことを聞いたら喜ぶでしょう」

　守衛はリヤドの鼻先で門を閉め、リヤドは踵を返してハマニ通りに向かう。あの嫌なグレーのルノーの前を通って。夜も昼も自分を探っている男たちに彼は注意を払わない。リヤドが警戒しないのも無理はない。彼らはリヤドに対して何もしないだろうから。彼らは、自分たちが存在していることを、そしてすべてを監視していることを相手に思い出させるためだけに、そこにいるのだ。

リヤドが書店に入る間もなく、誰かがドアを叩く。サラだ。ジーンズのサロペットを着て、輝いて見える。赤褐色の髪は肩まで届いている。

「ええっと、ここ空っぽね」

「ああ」

「ここ、このあと、何になるか知ってる？」

「うん、持ち主はここで揚げ物を売るんだ」

「揚げ物？　へえー……床に落ちてるのが、あんたがくれるって本かしら」

「そう」

「こっちの本、ジュール・ロワのと、あっちのモハメド・ディブのを持って行くわ。このフフ、つまりアーメド・レダと、ええと、カミュももう一冊ちょうだい。これがあんたの手伝いになればいいけど」

「もっと持って行けない？」

「ああ、いいえ、もうじゅうぶん。でも聞いて、もしあんたが本当にここを片づけたいなら、本を〈酒倉の見張り〉（カーヴ＝ヴィジ）に持って行きなさい」

「〈酒倉の見張り〉？」

「昔のエリゼ・ルクリュ通り。ジャン・セナックがそこで死んだ家。いいわ、セナックなんか知らないって顔に書いてある……彼は詩人で、ＦＬＮのメンバーで、すごい顎髭を生やしたホモセクシュアル。知らないわよね？　あそこに集まって、詩を書いたり、たばこを吸ったり、本を読んだりする若い人たちがいる。本があれば喜ぶと思う。よかったら案内するわ」

　リヤドはスーツケースに本を詰めこみ、娘についていく。二人は大通りを上っていき、広場をいくつか横切って、最後に汚い路地のようなところに出る。サラはリヤドをスプレーで髑髏（どくろ）の落書きがしてあるビルの方に引っ張っていく。

「入って、一階よ。私は急いで帰らないと。近いうちにまた」

　玄関ホールに入っていきながら、リヤドは鼻をつまむ。明かりをつける勇気さえない。何にもさわりたくない。肩のひと押しでドアを開け、スーツケースを持ちあげて〈酒倉の見張り〉に入る。皿や、瓶や、グラスや、ノートや、本がある。壁は写真とデッサンにおおわれ、裸電球で照らされている。

　そこはビール臭い。

「さあ、どうぞお入りください。ここはあなたの家だ」

　若い男が本を一冊手にしている。すごく太っていて、おかっぱ頭で、メタルフレームの丸眼鏡をかけている。

「私は作家で詩人です」

リヤドに向けた視線には、見せかけの謙虚さと誇りが入りまじっている。

「あなたは書くの？　いや、あなたは書かない、ひと目見ればわかる、すごく残念だ」彼はため息まじりで言う。「みんな！」彼はどなる。

リヤドは思わず跳びあがる。三人の女が彼の方に向く。

「さあ、お越しいただいた紳士のおもてなしだ」

気おくれしたリヤドは無言でスーツケースを開ける。

「素晴らしい」

みんなが突進してきて、古本をつかみ、開き、表紙を撫で、紙の匂いを嗅ぐ。誰も自分に注意を払わないので、その隙にリヤドはそっと立ち去る。外に出たとたん、土砂降りの雨が彼に襲いかかる。リヤドは走って、《真の富》書店に逃げこむ。雨と、今日はそこにいないとしても、寝ないでいることがわかっているアブダラーのせいで、書棚を外に投げ出す決心がつかない。とうとうリヤドは、備品を思い切って歩道に出せないまま、寝床へ向かう。

翌朝、リヤドがドアを開けると、差しのべた手の上で雪片が溶けるのを感じる。綿のような雪が、銀色に輝く海に優雅に舞い降りる。雪は、小学校の鉄格子に、カフェ〈シエ・

サイード〉の表に出したテーブルに、〈酒倉の見張り〉の前のゴミ箱に、舞い降りる。
リヤドは待ちくたびれた。冬は終わらないだろう。それはアルジェの街を丸ごと飲みこんでしまいそうだ。

書棚、マットレス、机、椅子、換気扇、錆(さび)の浮いた古い掲示板、写真、冷蔵庫、コンロ、それにシャルロの大きなポートレートが、今は外に出されている。真向かいの歩道からアブダラーが、白いシーツを肩に、悲しげな様子で、自分の王国に水が浸みこんでいくのを見つめている。リヤドは彼のところに行く。

「何年か前、一人の婦人がここを通った。とても小柄で、髪はブロンド。彼女は私に、シャルロがペズナで亡くなったと告げた。私は胸をつかれた。終(つい)の住みかとなった古い住まいで、シャルロはほとんど目が見えなくなっていて、それをひどく悲しんでいたという。なぜなら、彼はもう本を読むことも、友人たちに手紙を書くこともできなかったから。彼は荼毘(だび)にふされ、その灰は地中海に撒(ま)かれた、〈彼の家〉に。婦人は私に、こうも言った。シャルロはこの書店が元の状態のまま残っているのを知っていて、それをとても幸せに思っていた、と」

雨滴が本にあたり、パタンパタンという規則的な音をたてる。アブダラーは思う。人は本当はその場所に住むのではなく、場所が人に住むのだと。リヤドは〈若者の、若者による、若者のための〉と書かれた大きな看板がずぶぬれになっているのを見つめる。自分はもう若くはないと感じる。頭の中は、アブダラーが語ってくれた話でいっぱいだ。大文字の歴史を作っている、その重すぎる話をリヤドはどう考えればいいのかわからない。自分の使命に背いてしまったような気がする。シャルロのポートレートがアルジェの水の中で溺れている。

フロントガラスが霧氷でおおわれたグレーのルノーの中から、二人の男が手帳にメモを取りながら、アブダラーとリヤドを観察している。

アルジェ、二〇一七年

あなたは《真の富》書店に行く。そうでしょう？　坂になった路地をたどる。下ったり、上ったり。強い日ざしから身を守る。無数の歴史が走るように無数の路地が走り、自殺者と恋人たちが分け合う橋の近くにある、ひどく混雑したディドゥシュ＝ムラド通りを避ける。

あなたは一軒のカフェのテラスに立ち寄り、ためらわずそこに座ってみんなと議論する。ここでは、私たちは、知り合いと、出会ったばかりの人をわけへだてしない。みな、あなたの言うことに耳を傾け、あなたの散歩につきあうだろう。あなたはもう一人じゃない。急な坂道を上り、重い木の門扉をいくつも押し開け、この地を造り上げたり、破壊したりしようとした男たちや女たちのことを心に描くだろう。あなたは疲れをおぼえる。頭上の青い空はあなたにめまいを引き起こす。あなたは急ぐ、胸をどきどきさせながら、今はもうそう呼ばれていないシャラ通りを行き、二の二を探す。横に駐まっているグレーのルノーには注意を払わないだろう。乗っている人たちには何の力もない。あなたは昔の《真の富》書店の前にいるだろう。私はそこが閉鎖されていると思っていたが、それは常にそこにある。あなたはガラスのドアを押してみる。鍵がかかっているだろう。すぐ隣でレストランを経営している人があなたに言うだろう。「昼飯に行ってるよ。確かに彼にだって食事をする権利はある。でも待ってなさいよ、辛抱して、すぐ戻ってくる。さあ、レモネードを一杯さしあげよう」

あなたは植え込みのそばの階段に腰かけ、管理人を待つ。あなたを目にして、管理人は急ぐだろう。ついにあなたは、多くの物語の出発点であったこの小さな場所に入りこむ。シャルロの大きなポートレートを見るために顔を上げる。シャルロは黒眼鏡の後ろで微笑んでいる。ああ、それは大きな笑いではなく、むしろこう言っているように見える。「いらっしゃい、さあ入って、気に入った本をどうぞ」あなたはジュール・ロワの『粗野な記憶』の中の文章を思い出すだろう。「自分たちがそれを経験していることを自覚しなかったあの冒険について、僕には一種の幻影のようなものが残っている。シャルロは少しばかり僕らの創造主だった。少なくとも、僕らの産婆役だった。彼は僕らを（たぶんカミュさえをも）発明し、生み出し、鍛え、かわいがり、ときには叱り、常に励まし、過褒といえるほど褒め、一人を別の一人とこすり合わせ、つやを出し、磨き、支え、矯正し、しょっちゅう食事を与え、育て、インスピレーションを与えた。（……）僕らのうちの誰に対しても、ひと言も、僕らの才能は単にアルジェリアやフランスの未来であるだけでなく、世界文学の未来でもあるなどとほのめかすようなことを言わなかった。僕らは最も偉大な詩人であり、最も素晴らしい希望であり、伝説の未来に向かって歩き、僕らの生まれた土地に栄光を授けるはずだ。（……）僕らは彼の夢だった。そのとき、運命が彼を裏切った。不当にも、静かな海で嵐が起こるように。彼はなしうるかぎり突風に逆らった。彼が不公正に対して抗議したり、自分を打ちのめす不運を恨んだりするのを聞いたことがない。時おり僕は、はたして僕らがこうした彼にふさわしい存在だったのかと自問することがある」

いつの日かあなたは、ハマニ通り二の二にやって来ますよね？

参考資料

古い資料を探しまわる一年だった。シャルロの友人たちに会い、古書やインタビュー記事やドキュメンタリー映画を貪るように漁（あさ）った。とりわけドマン社の黄色い小冊子群は私にとってお守りのようなもので、エドモン・シャルロの思い出を掘り起こすために、それらをめくっては、こちらから数語、あちらから数節を取り出し、潤色し、創作しなければならなかった。結局、書くことを志す人たちにシャルロが授けた方法を思い出したのだった。その方法は寛大だった。それを編み出した人もまた。

《書籍》

Fanny Colonna, *Instituteurs algériens*（*1883-1939*）, Les Presses de Sciences Po, 1975.
Jean Amrouche et Jules Roy, *D'une amitié. Correspondance Jean Amrouche-Jules Roy*（*1937-1962*）, Édisud, 1985.
Jules Roy, *Mémoires barbares*, Albin Michel, 1989.
Michel Puche, *Edmond Charlot éditeur*, Domens, 1995.
Collectif, *Audisio, Camus, Roblès, frères de soleil, leurs combats. Autour d'Edmond Charlot,*

Édisud, 2003.
Angie David, *Dominique Aury. La vie secrète de l'auteur d'* Histoire d'O, Éditions Léo Scheer, 2006.
Edmond Charlot et Frédéric Jacques Temple, *Souvenirs d'Edmond Charlot, entretiens avec Frédéric Jacques Temple*, Domens, 2007.
Hamid Nacer-Khodja, *Sénac chez Charlot*, coll. «Méditerranée vivante/essais», Domens, 2007.
Jean El Mouhoub Amrouche, *Journal (1928-1962)*, édité et présenté par Tassadit Yacine Titouh, Non Lieu, 2009.
Gaston Gallimard et Jean Paulhan, *Correspondance (1919-1968)*, édité par Laurence Brisset, Gallimard, 2011.
«Sortir du colonialisme», *Le 17 octobre 1961 par les textes de l'époque*, préface de Gilles Manceron, postface d'Henri Pouillot, Les Petits Matins, 2011.
José Lenzini, *Mouloud Feraoun. Un écrivain engagé*, préface de Louis Gardel, Actes Sud/Solin, 2013.
Bernard Mazo, *Jean Sénac, poète et martyr*, Seuil, 2013.
Guy Dugas, *Roblès chez Charlot*, coll. «Méditerranée vivante/essais», Domens, 2014.
François Bogliolo, Jean-Charles Domens, Marie-Cécile Vène, *Edmond Charlot. Catalogue raisonné d'un éditeur méditerranéen*, Domens, 2015.
Collectif (sous la direction de Michel Puche), *Rencontres avec Edmond Charlot*, Domens, 2015.

Collectif（sous la direction de Guy Dugas）, *Des écrivains chez Charlot*, Domens/El Kalima, 2016.

Collectif（sous la direction de Guy Dugas）, *Edmond Charlot, passeur de culture. Actes du colloque Montpellier-Pézenas. Centenaire Edmond Charlot 2015*, Domens, 2017.

《記事》

Sorj Chalandon, *Il y a du sang dans Paris*, Libération, 12 et 13 octobre 1991.

《映像》

Frédéric Jacques Temple, Geoffroy Pieyre de Mandiargues, *Alger au temps des «Vraies Richesses»*, ADL Production, FR3, 1991, 52 minutes.

Michel Vuillermet, *Edmond Charlot, éditeur algérois*, Tara Films / ENTV, 2005, 52 minutes.

《文書》

Lettres de Jean Amrouche, Bibliothèque littéraire Jacques Doucet.

Dossier *L'Arche*, fonds Robert Aron, Bibliothèque de documentation internationale contemporaine de Nanterre.

Dossier Éditions Charlot, Bibliothèque littéraire Jacques Doucet.

Lettres d'Edmond Charlot à Adrienne Monnier, Bibliothèque littéraire Jacques Doucet.

Gallica/BNF pour les articles du presse de l'époque, notamment les archives du journal *L'Écho d'Alger*.

Fonds Armand Guibert, «Patrimoine méditerranéen», Bibliothèque interuniversitaire de Montpellier.

謝辞

フレデリック・ジャック・タンプル、ギー・ドゥガ、ジャン＝シャルル・ドマン、マリー＝セシル・ヴェーヌ、ミシェル・ピュシュに。彼らの物語を私に分け与えてくれたことに対して。

訳者あとがき

本書は、一九三〇年代半ばにアルジェに書店兼出版社を開き、以後三十年以上にわたり多くの優れた文学書を世に出した実在の伝説的出版人の波乱に満ちた半生を描く、Kaouther Adimi: *Nos richesses*（Édition du Seuil, 2017）の全訳である。

著者カウテル・アディミはアルジェリア出身でパリ在住の女性作家。一九八六年、アルジェに生まれたアディミは、四歳から八歳まで家族とともにグルノーブルに住み、この間に公共図書館に通って読書の楽しみを知ったという。一九九四年にアルジェに戻って自分で物語を書き始め、アルジェ大学に在学中にフランスのミュレで開催された小説コンクールに応募し短編が入賞、二〇〇九年に最初の長編、*L'Envers des autres* を書き上げ、同年パリに移り住んだ。本書 *Nos richesses*（「僕らの富」）はその彼女の長編第三作であり、刊行と同時に大きな評判を呼んでゴンクール賞やルノドー賞の候補となったが、最終的にルノドー賞の一部門である〈高校生（リセエンヌ）のルノドー賞〉を受賞し、加えて四つの文学賞を獲得している。

本書がそのような好評を博した最大の要因はもちろん、著者がさまざまな資料を渉猟してエドモン・シャルロという、アルジェリア生まれのフランス人で一般にはあまり知られてない出版者の事績を掘り起こし、仮構の手帳を創造して彼の半生を生き生きと描き上げたことにあるだろう――師グルニエに励まされて、文学と書物への情熱だけを資本に、ほとんど無一文で書店兼貸本屋兼出版社を立ち上げる。まもなくカミュの処女作を刊行、新雑誌発刊、だが第二次大戦中の用紙・インク不足で辛酸を舐める。さらにはガートルード・スタインの不用意なひと言からレジスタンスの一員と見なされ投獄の憂き目にあうが、アルジェにやってきたジッドやサン゠テグジュペリとの交友や辛い別離を経て、戦後のパリで多くの作家たちの作品を刊行し、数々の文学賞受賞の喜びを味わう。これらシャルロの出版人生の一齣(ひとこま)一齣は、近代フランス文学の貴重な裏面史であろう。レジスタンス文学の白眉とも言うべきヴェルコールの『海の沈黙』がシャルロ出版で出されることになった意外な経緯、サン゠テグジュペリの最後の飛行の前にシャルロが目撃した、この作家の温かい人間味を象徴するシーンなど、興味深い逸話は読者を魅了してやまない。

シャルロという類(たぐい)まれな出版人の仕事がこれまであまり知られていなかったのは、ひとつには本人が残した記録や作家たちと交わした書簡の類が、本文にもあるように、アルジエリア独立戦争中のＯＡＳ（独立に反対するフランス＝アルジェリアの極右武装組織）の爆弾テロによってほとんど灰燼に帰してしまったせいである。だが著者アディミは近年世に出たシャルロのインタビューや友人作家たちの回顧録をもとに、見事にこの出版人の精神と生活を復元したと言えるだろう。

もう一つ、この作品の注目すべき点をあげれば、それは小説としての構成の巧みさである。アディミはシャルロの手帳を中心に据え、そこに、大学の実習単位を取るためにシャルロの元書店を解体整理しにやってきた、読書に関心を持たない現代の若者リヤドの物語を対置させ、さらに植民地アルジェリアの独立運動に対するフランスの抑圧の苛烈さを語る歴史的事件を断片的に挟んでいく。この三つの要素がポリフォニーのように奏でられる結果、シャルロが生きた一九三〇年代半ばから現代までの〈アルジェリア―フランス〉世界が、全体として読者の前に浮かび上がってくるという仕掛けだ。

そしてアディミは、上に述べたような素材や技法を使って、この本を魅力的な一篇の青春小説＝成長小説（ビルドゥングス・ロマン）に仕立てているように思う。シャルロが「文学と地中海を愛する仲間たちの場所」である書店兼出版社を立ち上げたのは彼が二十一歳のとき。そこから若い仲間たちとの悪戦苦闘が始まる。リヤドが元書店を片づけにやってきたとき、彼は二十歳。読書を嫌悪していた彼は、元書店を管理する謎めいた老人アブダラーや界隈（かいわい）の人々との交流を通して、次第に本の持つ意味に気づいていく。シャルロとリヤド、そして二人を取り巻く多くの若者の人生は時に苦く、時に滑稽で、そして時に歓喜に満ちている。本書が〈リセエンヌのルノドー賞〉に選ばれたのも無理からぬところだろう。

さて本訳書ではあえて本文中に訳註をさし挟まなかったが、昨今の読書・出版事情では、この本に登場するシャルロと関わる多くの作家が（カミュやサン＝テグジュペリら数人を除いて）よく知られているとは言い難いだろう。以下に主な作家たちについて簡単に紹介しておく。

ジャン・グルニエ（一八九八—一九七一）パリに生まれる。リセの哲学教授として各地を放浪。三〇年代後半にアルジェのリセでカミュやシャルロを教え、彼らの人生や文学観に計り知れない影響を与えた。のちパリ大学教授。

アルベール・カミュ（一九一三—一九六〇）アルジェリアのモンドヴィ近郊に生まれ、リセでグルニエの指導を受け文章を書くようになる。アルジェ大学文学部在学中、シャルロ、マックス＝ポル・フーシエらと交流。処女作『裏と表』（三七）、第二作『結婚』（三九）をシャルロ出版から刊行したが、『異邦人』（四二）をガリマールから刊行以後は次第にシャルロから離れる。なお本文中で語られるシモーヌ・イエとは結婚後十八か月で離婚している。五七年ノーベル文学賞受賞。六〇年、ガストン・ガリマールの甥ミシェルの運転する車の事故で死亡。

ジャン・ジオノ（一八九五―一九七〇）南フランス、アルプ゠ドゥ゠オート゠プロヴァンスのマノスク生まれの作家。第一次世界大戦に従軍して以後、長らく戦争のトラウマに苦しみ、徹底した反戦主義者となる。生地周辺を舞台にした自然への回帰を唱える田園小説で知られ、『木を植えた男』はわが国でもよく読まれているが、第二次大戦後は作風を広げ、スタンダール風、バルザック風の小説も書いた。シャルロを感激させ、書店名をそこからもらった『真の富』ほかエセーも数多い。後年は映画にも進出、多くのシナリオを書いた。

ガブリエル・オーディイジョ（一九〇〇―一九七八）マルセイユに生まれ、幼少期に家族と共にアルジェリアに移住。その後パリで学業を積み、第一次大戦後アルジェリアに戻り、マックス゠ポル・フーシエ、アンリ・ボスコ、カミュらと知り合う。作品は詩・小説・評論・歴史と多方面にわたり、生涯〈アルジェリア゠地中海〉文化運動に献身し、この点でシャルロに大きな影響を与えた。

エマニュエル・ロブレス（一九一四―一九九五）アルジェリアのオラン生まれ。小説家・

劇作家。戯曲ではベネズエラの反乱に材を取った『モンセラ』が成功を収める。アラブ作家のフランス語による作品を集めた「地中海叢書」を編集。

アルマン・ギベール（一九〇六—一九九〇）オート・ガロンヌのアザに生まれる。詩人・作家・出版者。フランスで高等教育を受けたのち、チェニジアのスーセで教職に就く。一九三二年にジャン・アムルシュとともに雑誌『ミラージュ』を創刊、その後アルジェに移り、シャルロに協力。出版者としてはセネガルの詩人で独立後の初代大統領サンゴールの詩集を出す。

マックス゠ポル・フーシェ（一九一三—一九八〇）詩人・作家・美術評論家。ノルマンディーから家族と共に移住したアルジェで青春期を過ごす。雑誌『泉』は当初、詩とフランス文学の雑誌だったが、第二次大戦の進捗に連れてレジスタンス運動の論壇と化す。レジスタンスの編年史をシャルロ出版から刊行（四四）。戦後はテレビ界で文化番組を作る。

ジュール・ロワ（一九〇七—二〇〇〇）アルジェリア生まれ。高校を出て陸軍さらに空軍に入隊。第二次大戦で戦い、フランス敗戦後はヴィシー政府を支持したが、連合軍の北アフリカ上陸後は自由フランスに賛同し、イギリス空軍のパイロットとしてドイツ空爆に出撃。ルール渓谷の爆撃体験をもとに『幸福な谷間』を書く。作品には他に『サン゠テグジュペリ研究』や多くの戦争ルポルタージュがある。

フレデリック・ジャック・タンプル（一九二一年生まれ）作家・詩人。モンペリエ出身。第二次大戦に従軍。除隊後はモロッコ、モンペリエでジャーナリストとなる。五四年テレビ局の経営に参加、二〇一〇年、エドモン・シャルロ出版基金創設のために寄付を行なう。詩におけるゴンクール賞とも言えるアポリネール賞受賞。

ジャン・アムルシュ（一九〇六―一九六二）詩人・編集者。両親はキリスト教に改宗しフランス化したカビリアのアルジェリア人。家族はその後、より簡単にフランス国籍が取れるチュニスに移り、アムルシュはそこで高等師範学校を出て、チュニスのリセの教師となる。詩人アルマン・ギベールと出会い最初の詩集を出す。第二次大戦中ジッドの勧めでアルジェに移り住んでシャルロと共に『方舟（アルシュ）』創刊。

アンリ・ボスコ（一八八八―一九七六）アヴィニョン生まれ。グルノーブル大学、フィレンツェに学び、アルジェやモロッコのリセで教える。南フランス・地中海を愛し、その自然を題材に小説を書く。『少年と川』はフランスの児童書の古典である。

ヴェルコール（一九〇二―一九九一）パリ生まれ。本名ジャン・ブリュレル。地下出版された『海の沈黙』は、占領下のフランス人家庭に寄居する知的で良心的なドイツ将校の理想主義の挫折を描いて感動的。やはりこの時期に『星への歩み』を書き、レジスタンスの文学活動に専念する。『海の沈黙』は四九年ジャン＝ピエール・メルヴィル監督により映画化された。

ムルード・フェラウーン（一九一三―一九六二）アルジェリア人作家。小学校教師をやりながら小説を書く。本文にある『貧者の息子』は結局大きな成功を収めたが、著者は六二年にOASにより暗殺された。

ジャン・セナック（一九二六―一九七三）アルジェリア作家・詩人。カミュと長い交友があり、多くの手紙を取り交わしている。七三年に殺害されたが、事件は謎のまま残された。

もう一つ、本書でシャルロやアムルシュがたびたびライバル視している『新フランス評論（NRF）』について。一九〇五年にジッドがフランスおよびヨーロッパの文化・思想の再検討を目指して仲間と共に創刊。一一年以降はガリマール書店から刊行される。二五年からジャン・ポーランが編集主幹となり、二十世紀前半の重要な作家のほとんどが寄稿するフランス最良の文芸誌となった。フランス敗戦後四〇年から対独協力作家ドリュ・ラ・ロシェルが主幹を務めたが、パリ解放によって発行停止となる。五三年に復刊。

ところで、この小説ではシャルロの手帳は一九六一年で終わっているが、その後もシャルロは活動を続けた。パリでラジオ局の仕事についたり、トルコやモロッコでフランス文化センターの長を務め（その間にも本を出版している）たりしたあと、一九八〇年に南フランス、ルオー県のペズナで書店を開き、二〇〇四年にその地で没している。まさに出版者人生を生き抜いたのだった。生誕百年にあたる二〇一五年には、フランス文化省による公的祝賀行事や、それに伴うさまざまなセミナーが開催されたという。

最後に、本書で断片的に挿入されている、アルジェリアの植民地解放戦争にまつわる事件について少し補足しておこう。「セティフ、一九四五年五月」（133頁）は第二次大戦におけるドイツ降伏の日、五月八日にアルジェリア北東部の町セティフおよびその周辺で起きた虐殺を扱っている。この事件でフランス側の死者は百二人、原住民側の犠牲者は未だにはっきりしないが、数千人規模と見なされている。「アルジェリア、一九五四年」（176頁）は解放戦争の中心的担い手となる原住民の組織〈民族解放戦線（ＦＬＮ）〉の結成と、最初の攻撃を描く。「パリ、一九六一年」（203頁）は同年一月、ＦＬＮの攻撃に業を煮やした警視総監がフランスのアルジェリア人に課した外出禁止令が発端となり、これに抗議するパリのデモ隊に対し加えられた暴力と虐待を記す。アルジェリア人数十人が死亡、数千人が負傷した。

翻訳にあたっては既に刊行されているドイツ語版とイタリア語版を参考にした。さらにフランス語テクストの疑問点については宮下志朗氏に数々のご教示を賜った。厚くお礼申し上げたい。

そして最後になるが、本書の翻訳を勧めてくださり、原稿・校正の段階で貴重なご指摘をいただいた作品社の青木誠也さん、本当にありがとうございました。

二〇一九年十月

平田紀之

【著者・訳者略歴】

カウテル・アディミ（Kaouther Adimi）

1986年、アルジェ生まれ。2011年に発表したデビュー作*L'ENVERS DES AUTRES*で、18歳から30歳の作家を対象にしたPrix litteraire de la vocationを受賞。長編第三作の本書*NOS RICHESSES*で2017年のゴンクール賞、ルノドー賞の候補となり、〈高校生（リセエンヌ）のルノドー賞〉を受賞した。

平田紀之（ひらた・のりゆき）

1946年東京生まれ。横浜市立大学卒業。翻訳家・編集者。訳書に、ビアトリス・ホーネガー『茶の世界史――中国の霊薬から世界の飲み物へ』、ドン＆ペティ・クラドストラップ『シャンパン歴史物語――その栄光と受難』（以上白水社）などがある。

アルジェリア、シャラ通りの小さな書店

2019年11月30日初版第1刷発行
2020年3月30日初版第2刷発行

著　者　カウテル・アディミ
訳　者　平田紀之
発行者　和田肇
発行所　株式会社作品社
〒102-0072 東京都千代田区飯田橋2-7-4
TEL.03-3262-9753　FAX.03-3262-9757
http://www.sakuhinsha.com
振替口座 00160-3-27183

編集担当　青木誠也
本文組版　前田奈々
装　幀　水崎真奈美（BOTANICA）
装　画　アルベール・マルケ
印刷・製本　シナノ印刷株式会社

ISBN978-4-86182-784-6 C0097

【作品社の本】

ヴェネツィアの出版人

ハビエル・アスペイティア著　八重樫克彦、八重樫由貴子訳

“最初の出版人”の全貌を描く、ビブリオフィリア必読の長篇小説！

グーテンベルクによる活版印刷発明後のルネサンス期、イタリック体を創出し、持ち運び可能な小型の書籍を開発し、初めて書籍にノンブルを付与した改革者。さらに自ら選定したギリシャ文学の古典を刊行して印刷文化を牽引した出版人、アルド・マヌツィオの生涯。ISBN978-4-86182-700-6

悪しき愛の書

フェルナンド・イワサキ著　八重樫克彦、八重樫由貴子訳

9歳での初恋から23歳での命がけの恋まで――彼の人生を通り過ぎて行った、10人の乙女たち。バルガス・リョサが高く評価する“ペルーの鬼才”による、振られ男の悲喜劇。

ダンテ、セルバンテス、スタンダール、プルースト、ボルヘス、トルストイ、パステルナーク、ナボコフなどの名作を巧みに取り込んだ、日系小説家によるユーモア満載の傑作長篇！

ISBN978-4-86182-632-0

誕生日

カルロス・フエンテス著　八重樫克彦、八重樫由貴子訳

過去でありながら、未来でもある混沌の現在＝螺旋状の時間。家であり、町であり、一つの世界である場所＝流転する空間。自分自身であり、同時に他の誰もである存在＝互換しうる私。目眩(めくる)めく迷宮の小説！　『アウラ』をも凌駕する、メキシコの文豪による神妙の傑作。

ISBN978-4-86182-403-6

逆さの十字架

マルコス・アギニス著　八重樫克彦、八重樫由貴子訳

アルゼンチン軍事独裁政権下で警察権力の暴虐と教会の硬直化を激しく批判して発禁処分、しかしスペインでラテンアメリカ出身作家として初めてプラネータ賞を受賞。欧州・南米を震撼させた、アルゼンチン現代文学の巨人マルコス・アギニスのデビュー作にして最大のベストセラー、待望の邦訳！

ISBN978-4-86182-332-9

天啓を受けた者ども

マルコス・アギニス著　八重樫克彦、八重樫由貴子訳

合衆国南部のキリスト教原理主義組織と、中南米一円にはびこる麻薬ビジネスの陰謀。アメリカ政府と手を結んだ、南米軍事政権の恐怖。アルゼンチン現代文学の巨人マルコス・アギニスの圧倒的大長篇。野谷文昭氏激賞！

ISBN978-4-86182-272-8

マラーノの武勲

マルコス・アギニス著　八重樫克彦、八重樫由貴子訳

「感動を呼び起こす自由への賛歌」――マリオ・バルガス＝リョサ絶賛！　16～17世紀、南米大陸におけるあまりにも苛烈なキリスト教会の異端審問と、命を賭してそれに抗したあるユダヤ教徒の生涯を、壮大無比のスケールで描き出す。アルゼンチン現代文学の巨匠アギニスの大長篇、本邦初訳！

ISBN978-4-86182-233-9

【作品社の本】

悪い娘の悪戯

マリオ・バルガス＝リョサ著　八重樫克彦、八重樫由貴子訳

50年代ペルー、60年代パリ、70年代ロンドン、80年代マドリッド、そして東京……。世界各地の大都市を舞台に、ひとりの男がひとりの女に捧げた、40年に及ぶ濃密かつ凄絶な愛の軌跡。ノーベル文学賞受賞作家が描き出す、あまりにも壮大な恋愛小説。 ISBN978-4-86182-361-9

チボの狂宴

マリオ・バルガス＝リョサ著　八重樫克彦、八重樫由貴子訳

1961年5月、ドミニカ共和国。31年に及ぶ圧政を敷いた稀代の独裁者、トゥルヒーリョの身に迫る暗殺計画。恐怖政治時代からその瞬間に至るまで、さらにその後の混乱する共和国の姿を、待ち伏せる暗殺者たち、トゥルヒーリョの腹心ら、排除された元腹心の娘、そしてトゥルヒーリョ自身など、さまざまな視点から複眼的に描き出す、圧倒的な大長篇小説！ ISBN978-4-86182-311-4

無慈悲な昼食

エベリオ・ロセーロ著　八重樫克彦、八重樫由貴子訳

「タンクレド君、頼みがある。ボトルを持ってきてくれ」地区の人々に昼食を施す教会に、風変わりな飲んべえ神父が突如現われ、表向き穏やかだった日々は風雲急。誰もが本性をむき出しにして、上を下への大騒ぎ！　神父は乱酔して歌い続け、賄い役の老婆らは泥棒猫に復讐を、聖具室係の養女は平修女の服を脱ぎ捨てて絶叫！　ガルシア＝マルケスの再来との呼び声高いコロンビアの俊英による、リズミカルでシニカルな傑作小説。 ISBN978-4-86182-372-5

顔のない軍隊

エベリオ・ロセーロ著　八重樫克彦、八重樫由貴子訳

ガルシア＝マルケスの再来と謳われるコロンビアの俊英が、母国の僻村を舞台に、今なお止むことのない武力紛争に翻弄される庶民の姿を哀しいユーモアを交えて描き出す、傑作長篇小説。
スペイン・トゥスケツ小説賞受賞！　英国「インデペンデント」外国小説賞受賞！

ISBN978-4-86182-316-9

外の世界

ホルヘ・フランコ著　田村さと子訳

〈城〉と呼ばれる自宅の近くで誘拐された大富豪ドン・ディエゴ。身代金を奪うために奔走する犯人グループのリーダー、エル・モノ。彼はかつて、“外の世界”から隔離されたドン・ディエゴの可憐な一人娘イソルダに想いを寄せていた。そして若き日のドン・ディエゴと、やがてその妻となるディータとのベルリンでの恋。いくつもの時間軸の物語を巧みに輻輳させ、プリズムのように描き出す、コロンビアの名手による傑作長篇小説！　アルファグアラ賞受賞作。

ISBN978-4-86182-678-8

密告者

フアン・ガブリエル・バスケス著　服部綾乃、石川隆介訳

「あの時代、私たちは誰もが恐ろしい力を持っていた――」名士である実父による著書への激越な批判、その父の病と交通事故での死、愛人の告発、昔馴染みの女性の証言、そして彼が密告した家族の生き残りとの時を越えた対話……。父親の隠された真の姿への探求の果てに、第二次大戦下の歴史の闇が浮かび上がる。マリオ・バルガス＝リョサが激賞するコロンビアの気鋭による、あまりにも壮大な大長篇小説！ ISBN978-4-86182-643-6

【作品社の本】

オランダの文豪が見た大正の日本
ルイ・クペールス著　國森由美子訳
長崎から神戸、京都、箱根、東京、そして日光へ。東洋文化への深い理解と、美しきもの、弱きものへの慈しみの眼差しを湛えた、ときに厳しくも温かい、五か月間の日本紀行。
ISBN978-4-86182-769-3

ウールフ、黒い湖
ヘラ・S・ハーセ著　國森由美子訳
ウールフは、ぼくの友だちだった――オランダ領東インド。農園の支配人を務める植民者の息子である主人公「ぼく」と、現地人の少年「ウールフ」の友情と別離、そしてインドネシア独立への機運を丹念に描き出し、一大ベストセラーとなった〈オランダ文学界のグランド・オールド・レディー〉による不朽の名作、待望の本邦初訳！
ISBN978-4-86182-668-9

ほどける
エドウィージ・ダンティカ著　佐川愛子訳
双子の姉を交通事故で喪った、十六歳の少女。

自らの半身というべき存在をなくした彼女は、家族や友人らの助けを得て、アイデンティティを立て直し、新たな歩みを始める。

全米が注目するハイチ系気鋭女性作家による、愛と抒情に満ちた物語。

ISBN978-4-86182-627-6

海の光のクレア
エドウィージ・ダンティカ著　佐川愛子訳
七歳の誕生日の夜、煌々と輝く満月の中、父の漁師小屋から消えた少女クレアは、どこへ行ったのか――。海辺の村のある一日の風景から、その土地に生きる人びとの記憶を織物のように描き出す。
全米が注目するハイチ系気鋭女性作家による、最新にして最良の長篇小説。
ISBN978-4-86182-519-4

地震以前の私たち、地震以後の私たち
それぞれの記憶よ、語れ
エドウィージ・ダンティカ著　佐川愛子訳
ハイチに生を享け、アメリカに暮らす気鋭の女性作家が語る、母国への思い、芸術家の仕事の意義、ディアスポラとして生きる人々、そして、ハイチ大地震のこと――。
生命と魂と創造についての根源的な省察。カリブ文学OCMボーカス賞受賞作。
ISBN978-4-86182-450-0

愛するものたちへ、別れのとき
エドウィージ・ダンティカ著　佐川愛子訳
アメリカの、ハイチ系気鋭作家が語る、母国の貧困と圧政に翻弄された少女時代。
愛する父と伯父の生と死。そして、新しい生命の誕生。感動の家族愛の物語。
全米批評家協会賞受賞作！
ISBN978-4-86182-268-1

【作品社の本】

ねみみにみみず

東江一紀著　越前敏弥編

翻訳家の日常、翻訳の裏側。

迫りくる締切地獄で七転八倒しながらも、言葉とパチンコと競馬に真摯に向き合い、200冊を超える訳書を生んだ翻訳の巨人。知られざる生態と翻訳哲学が明かされる、おもしろうてやがていとしきエッセイ集。

ISBN978-4-86182-697-9

ブッチャーズ・クロッシング

ジョン・ウィリアムズ著　布施由紀子訳

『ストーナー』で世界中に静かな熱狂を巻き起こした著者が描く、十九世紀後半アメリカ西部の大自然。バッファロー狩りに挑んだ四人の男は、峻厳な冬山に帰路を閉ざされる。彼らを待つのは生か、死か。人間への透徹した眼差しと精妙な描写が肺腑を衝く、巻措く能わざる傑作長篇小説。

ISBN978-4-86182-685-6

ストーナー

ジョン・ウィリアムズ著　東江一紀訳

これはただ、ひとりの男が大学に進んで教師になる物語にすぎない。

しかし、これほど魅力にあふれた作品は誰も読んだことがないだろう。——トム・ハンクス

半世紀前に刊行された小説が、いま、世界中に静かな熱狂を巻き起こしている。

名翻訳家が命を賭して最期に訳した、“完璧に美しい小説”

第一回日本翻訳大賞「読者賞」受賞

ISBN978-4-86182-500-2

黄泉(よみ)の河にて

ピーター・マシーセン著　東江一紀訳

「マシーセンの十の面が光る、十の周密な短編」——青山南氏推薦！

「われらが最高の書き手による名人芸の逸品」——ドン・デリーロ氏激賞！

半世紀余にわたりアメリカ文学を牽引した作家／ナチュラリストによる、唯一の自選ベスト作品集。

ISBN978-4-86182-491-3

老首長の国　ドリス・レッシング アフリカ小説集

ドリス・レッシング著　青柳伸子訳

自らが五歳から三十歳までを過ごしたアフリカの大地を舞台に、入植者と現地人との葛藤、古い入植者と新しい入植者の相克、巨大な自然を前にした人間の無力を、重厚な筆致で濃密に描き出す。ノーベル文学賞受賞作家の傑作小説集！

ISBN978-4-86182-180-6

被害者の娘

ロブリー・ウィルソン著　あいだひなの訳

同窓会出席のため、久しぶりに戻った郷里で遭遇した父親の殺人事件。元兵士の夫を自殺で喪った過去を持つ女を翻弄する、苛烈な運命。田舎町の因習と警察署長の陰謀の壁に阻まれて、迷走する捜査。十五年の時を経て再会した男たちの愛憎の桎梏に、絡めとられる女。亡き父の知られざる真の姿とは？　そして、像を結ばぬ犯人の正体は？

ISBN978-4-86182-214-8

【作品社の本】

ヴィクトリア朝怪異譚

ウィルキー・コリンズ、ジョージ・エリオット、メアリ・エリザベス・ブラッドン、マーガレット・オリファント著　三馬志伸編訳

イタリアで客死した叔父の亡骸を捜す青年、予知能力と読心能力を持つ男の生涯、先々代の当主の亡霊に死を予告された男、養女への遺言状を隠したまま落命した老貴婦人の苦悩。

日本への紹介が少なく、読み応えのある中篇幽霊物語四作品を精選して集成！


ISBN978-4-86182-711-2

夢と幽霊の書

アンドルー・ラング著　ないとうふみこ訳　吉田篤弘巻末エッセイ

ルイス・キャロル、コナン・ドイルらが所属した心霊現象研究協会の会長による幽霊譚の古典、ロンドン留学中の夏目漱石が愛読し短篇「琴のそら音」の着想を得た名著、120年の時を越えて、待望の本邦初訳！　ISBN978-4-86182-650-4

ゴーストタウン

ロバート・クーヴァー著　上岡伸雄、馬籠清子訳

辺境の町に流れ着き、保安官となったカウボーイ。酒場の女性歌手に知らぬうちに求婚するが、町の荒くれ者たちをいつの間にやら敵に回して、命からがら町を出たものの――。

書き割りのような西部劇の神話的世界を目まぐるしく飛び回り、力ずくで解体してその裏面を暴き出す、ポストモダン文学の巨人による空前絶後のパロディ！　ISBN978-4-86182-623-8

ようこそ、映画館へ

ロバート・クーヴァー著　越川芳明訳

西部劇、ミュージカル、チャップリン喜劇、『カサブランカ』、フィルム・ノワール、カートゥーン……。あらゆるジャンル映画を俎上に載せ、解体し、魅惑的に再構築する！　ポストモダン文学の巨人がラブレー顔負けの過激なブラックユーモアでおくる、映画館での一夜の連続上映と、ひとりの映写技師、そして観客の少女の奇妙な体験！　ISBN978-4-86182-587-3

ノワール

ロバート・クーヴァー著　上岡伸雄訳

“夜を連れて”現われたベール姿の魔性の女（ファム・ファタール）「未亡人」とは何者か!?

彼女に調査を依頼された街の大立者「ミスター・ビッグ」の正体は!?

そして「君」と名指される探偵フィリップ・M・ノワールの運命やいかに!?

ポストモダン文学の巨人による、フィルム・ノワール／ハードボイルド探偵小説の、アイロニカルで周到なパロディ！


ISBN978-4-86182-499-9

老ピノッキオ、ヴェネツィアに帰る

ロバート・クーヴァー著　斎藤兆史、上岡伸雄訳

晴れて人間となり、学問を修めて老境を迎えたピノッキオが、故郷ヴェネツィアでまたしても巻き起こす大騒動！　原作のオールスター・キャストでポストモダン文学の巨人が放つ、諧謔と知的刺激に満ち満ちた傑作長篇パロディ小説！　ISBN978-4-86182-399-2

【作品社の本】

モーガン夫人の秘密

リディアン・ブルック著　下隆全訳

1946年、破壊された街、ハンブルク。男と女の、少年と少女の、そして失われた家族の、真実の愛への物語。リドリー・スコット製作総指揮、キーラ・ナイトレイ主演、映画原作小説！

ISBN978-4-86182-686-3

美しく呪われた人たち

F・スコット・フィッツジェラルド著　上岡伸雄訳

デビュー作『楽園のこちら側』と永遠の名作『グレート・ギャツビー』の間に書かれた長編第二作。刹那的に生きる「失われた世代」の若者たちを絢爛たる文体で描き、栄光のさなかにありながら自らの転落を予期したかのような恐るべき傑作、本邦初訳！

ISBN978-4-86182-737-2

分解する

リディア・デイヴィス著　岸本佐知子訳

リディア・デイヴィスの記念すべき処女作品集！

「アメリカ文学の静かな巨人」のユニークな小説世界はここから始まった。

ISBN978-4-86182-582-8

サミュエル・ジョンソンが怒っている

リディア・デイヴィス著　岸本佐知子訳

これぞリディア・デイヴィスの真骨頂！

強靭な知性と鋭敏な感覚が生み出す、摩訶不思議な56の短編。

ISBN978-4-86182-548-4

話の終わり

リディア・デイヴィス著　岸本佐知子訳

年下の男との失われた愛の記憶を呼びさまし、それを小説に綴ろうとする女の情念を精緻きわまりない文章で描く。「アメリカ文学の静かな巨人」による傑作。待望の長編！

ISBN978-4-86182-305-3

ランペドゥーザ全小説　附・スタンダール論

ジュゼッペ・トマージ・ディ・ランペドゥーザ著　脇功、武谷なおみ訳

戦後イタリア文学にセンセーションを巻きおこしたシチリアの貴族作家、初の集大成！

ストレーガ賞受賞長編『山猫』、傑作短編「セイレーン」、回想録「幼年時代の想い出」等に加え、著者が敬愛するスタンダールへのオマージュを収録。

ISBN978-4-86182-487-6

【作品社の本】

戦下の淡き光

マイケル・オンダーチェ著　田栗美奈子訳

1945年、うちの両親は、犯罪者かもしれない男ふたりの手に僕らをゆだねて姿を消した——。母の秘密を追い、政府機関の任務に就くナサニエル。母たちはどこで何をしていたのか。周囲を取り巻く謎の人物と不穏な空気の陰に何があったのか。人生を賭して、彼は探る。あまりにもスリリングであまりにも美しい長編小説。

ISBN978-4-86182-770-9

名もなき人たちのテーブル

マイケル・オンダーチェ著　田栗美奈子訳

わたしたちみんな、おとなになるまえに、おとなになったの——11歳の少年の、故国からイギリスへの3週間の船旅。それは彼らの人生を、大きく変えるものだった。仲間たちや個性豊かな同船客との交わり、従姉への淡い恋心、そして波瀾に満ちた航海の終わりを不穏に彩る謎の事件。映画『イングリッシュ・ペイシェント』原作作家が描き出す、せつなくも美しい冒険譚。

ISBN978-4-86182-449-4

ヤングスキンズ

コリン・バレット著　田栗美奈子・下林悠治訳

経済が崩壊し、人心が鬱屈したアイルランドの地方都市に暮らす無軌道な若者たちを、繊細かつ暴力的な筆致で描きだす、ニューウェイブ文学の傑作。世界が注目する新星のデビュー作！　ガーディアン・ファーストブック賞、ルーニー賞、フランク・オコナー国際短編賞受賞！

ISBN978-4-86182-647-4

孤児列車

クリスティナ・ベイカー・クライン著　田栗美奈子訳

91歳の老婦人が、17歳の不良少女に語った、あまりにも数奇な人生の物語。火事による一家の死、孤児としての過酷な少女時代、ようやく見つけた自分の居場所、長いあいだ想いつづけた相手との奇跡的な再会、そしてその結末……。すべてを知ったとき、少女モリーが老婦人ヴィヴィアンのために取った行動とは——。感動の輪が世界中に広がりつづけている、全米100万部突破の大ベストセラー小説！

ISBN978-4-86182-520-0

ハニー・トラップ探偵社

ラナ・シトロン著　田栗美奈子訳

「エロかわ毒舌キュート！　ドジっ子女探偵の泣き笑い人生から目が離せません（しかもコブつき）」——岸本佐知子さん推薦。スリルとサスペンス、ユーモアとロマンス——一粒で何度もおいしい、ハチャメチャだけど心温まる、とびっきりハッピーなエンターテインメント。

ISBN978-4-86182-348-0

ボルジア家

アレクサンドル・デュマ著　田房直子訳

教皇の座を手にし、アレクサンドル六世となるロドリーゴ、その息子にして大司教／枢機卿、武芸百般に秀でたチェーザレ、フェラーラ公妃となった奔放な娘ルクレツィア。一族の野望のためにイタリア全土を戦火の巷にたたき込んだ、ボルジア家の権謀と栄華と凋落の歳月を、文豪大デュマが描き出す！

ISBN978-4-86182-579-8

【作品社の本】

黒人小屋通り

ジョゼフ・ゾベル著　松井裕史訳

カリブ海に浮かぶフランス領マルチニック島。農園で働く祖母のもとにあずけられた少年は、仲間たちや大人たちに囲まれ、豊かな自然の中で貧しいながらも幸福な少年時代を過ごす。

『マルチニックの少年』として映画化もされ、ヴェネツィア国際映画祭で銀獅子賞を受賞した不朽の名作、半世紀以上にわたって読み継がれる現代の古典、待望の本邦初訳！


ISBN978-4-86182-729-7

心は燃える

J・M・G・ル・クレジオ著　中地義和・鈴木雅生訳

幼き日々を懐かしみ、愛する妹との絆の回復を望む判事の女と、その思いを拒絶して、乱脈な生活の果てに恋人に裏切られる妹。先人の足跡を追い、ペトラの町の遺跡へ辿り着く冒険家の男と、名も知らぬ西欧の女性に憧れて、夢想の母と重ね合わせる少年。

ノーベル文学賞作家による珠玉の一冊！


ISBN978-4-86182-642-9

嵐

J・M・G・ル・クレジオ著　中地義和訳

韓国南部の小島、過去の幻影に縛られる初老の男と少女の交流。ガーナからパリへ、アイデンティティーを剥奪された娘の流転。ル・クレジオ文学の本源に直結した、ふたつの精妙な中篇小説。ノーベル文学賞作家の最新刊！

ISBN978-4-86182-557-6

迷子たちの街

パトリック・モディアノ著　平中悠一訳

さよなら、パリ。ほんとうに愛したただひとりの女……。

2014年ノーベル文学賞に輝く《記憶の芸術家》パトリック・モディアノ、魂の叫び！　ミステリ作家の「僕」が訪れた20年ぶりの故郷・パリに、封印された過去。息詰まる暑さの街に《亡霊たち》とのデッドヒートが今はじまる——。


ISBN978-4-86182-551-4

失われた時のカフェで

パトリック・モディアノ著　平中悠一訳

ルキ、それは美しい謎。現代フランス文学最高峰にしてベストセラー……。

ヴェールに包まれた名匠の絶妙のナラション（語り）を、いまやわらかな日本語で——。

あなたは彼女の謎を解けますか？　併録「『失われた時のカフェで』とパトリック・モディアノの世界」。ページを開けば、そこは、パリ

ISBN978-4-86182-326-8

人生は短く、欲望は果てなし

パトリック・ラペイル著　東浦弘樹、オリヴィエ・ビルマン訳

妻を持つ身でありながら、不羈奔放なノーラに恋するフランス人翻訳家・ブレリオ。

やはり同様にノーラに惹かれる、ロンドンで暮らすアメリカ人証券マン・マーフィー。

英仏海峡をまたいでふたりの男の間を揺れ動く、運命の女。奇妙で魅力的な長篇恋愛譚。

フェミナ賞受賞作！


ISBN978-4-86182-404-3